AF146891

Tucholsky Wagner Zola Scott Sydow Freud Schlegel
Turgenev Wallace Fonatne
Twain Walther von der Vogelweide Fouqué Friedrich II. von Preußen
Weber Freiligrath
Kant Ernst Frey
Fechner Fichte Weiße Rose von Fallersleben Richthofen Frommel
Hölderlin
Engels Fielding Eichendorff Tacitus Dumas
Fehrs Faber Flaubert
Eliasberg Ebner Eschenbach
Feuerbach Maximilian I. von Habsburg Fock Eliot Zweig
Ewald Vergil
Goethe Elisabeth von Österreich London
Mendelssohn Balzac Shakespeare Dostojewski Ganghofer
Lichtenberg Rathenau Doyle Gjellerup
Trackl Stevenson Tolstoi Hambruch
Mommsen Thoma Lenz Hanrieder Droste-Hülshoff
Dach Verne von Arnim Hägele Hauff Humboldt
Reuter Rousseau Hagen Hauptmann Gautier
Karrillon Garschin
Damaschke Defoe Hebbel Baudelaire
Descartes
Hegel Kussmaul Herder
Wolfram von Eschenbach Schopenhauer
Bronner Darwin Dickens Grimm Jerome Rilke George
Melville Bebel
Campe Horváth Aristoteles Voltaire Federer Proust
Bismarck Vigny Barlach Herodot
Gengenbach Heine
Storm Casanova Tersteegen Gilm Grillparzer Georgy
Chamberlain Lessing Langbein Gryphius
Brentano Lafontaine
Strachwitz Claudius Schiller Kralik Iffland Sokrates
Bellamy Schilling
Katharina II. von Rußland Gerstäcker Raabe Gibbon Tschechow
Löns Hesse Hoffmann Gogol Wilde Gleim Vulpius
Luther Heym Hofmannsthal Morgenstern
Roth Klee Hölty Goedicke
Luxemburg Heyse Klopstock Puschkin Homer Kleist
Machiavelli La Roche Horaz Mörike Musil
Navarra Aurel Musset Kierkegaard Kraft Kraus
Lamprecht Kind Moltke
Nestroy Marie de France Kirchhoff Hugo
Laotse Ipsen Liebknecht
Nietzsche Nansen Ringelnatz
Marx Lassalle Gorki Klett Leibniz
von Ossietzky May vom Stein Lawrence Irving
Petalozzi Knigge
Platon Pückler Michelangelo Kafka
Sachs Poe Kock
Liebermann Korolenko
de Sade Praetorius Mistral Zetkin

Der Verlag tredition aus Hamburg veröffentlicht in der Reihe **TREDITION CLASSICS** Werke aus mehr als zwei Jahrtausenden. Diese waren zu einem Großteil vergriffen oder nur noch antiquarisch erhältlich.

Symbolfigur für **TREDITION CLASSICS** ist Johannes Gutenberg (1400 — 1468), der Erfinder des Buchdrucks mit Metalllettern und der Druckerpresse.

Mit der Buchreihe **TREDITION CLASSICS** verfolgt tredition das Ziel, tausende Klassiker der Weltliteratur verschiedener Sprachen wieder als gedruckte Bücher aufzulegen – und das weltweit!

Die Buchreihe dient zur Bewahrung der Literatur und Förderung der Kultur. Sie trägt so dazu bei, dass viele tausend Werke nicht in Vergessenheit geraten.

Der letzte Hansbur

Hermann Löns

Impressum

Autor: Hermann Löns
Umschlagkonzept: toepferschumann, Berlin

Verlag: tredition GmbH, Hamburg
ISBN: 978-3-8424-6913-6
Printed in Germany

Rechtlicher Hinweis:
Alle Werke sind nach unserem besten Wissen gemeinfrei und unterliegen damit nicht mehr dem Urheberrecht.

Ziel der TREDITION CLASSICS ist es, tausende deutsch- und fremdsprachige Klassiker wieder in Buchform verfügbar zu machen. Die Werke wurden eingescannt und digitalisiert. Dadurch können etwaige Fehler nicht komplett ausgeschlossen werden. Unsere Kooperationspartner und wir von tredition versuchen, die Werke bestmöglich zu bearbeiten. Sollten Sie trotzdem einen Fehler finden, bitten wir diesen zu entschuldigen. Die Rechtschreibung der Originalausgabe wurde unverändert übernommen. Daher können sich hinsichtlich der Schreibweise Widersprüche zu der heutigen Rechtschreibung ergeben.

Text der Originalausgabe

Hermann Löns

Der letzte Hansbur

Ein Bauernroman aus der Lüneburger Heide

Der Bullerborn

Es war meist noch Nacht, da warf der Storch den Tau von sich und flog los.

Mitten in der Heide lag ein klarer Pump, der Bullerborn geheißen; da ließ er sich nieder.

Die Nebelhexen verjagten sich, als der Adebar angebraust kam, und als ein heller Wind über die Heide lief und sie beiseite stieß, und als die Sonne über die Wohld stieg und sie scharf ansah, da gaben sie das Tanzen über dem Bullerborn auf und machten, daß sie in das Bruch kamen.

Der Storch ging um den Born herum und nickte mit dem Kopfe. Fische gab es nicht in dem Wasser, dazu war es zu frisch, und Frösche erst recht nicht, denn dazu war es zu wild. Wer aber lange in den Born sah, in dem das Wasser immer um und um ging, daß der weiße Sand nur so mülmte, der wußte, was der Storch da suchte, und wenn der Pastor von Lichtelohe es auch einen Heidenschnack nannte, daß der Adebar aus dem Bullerborn die Seelen für die kleinen Kinder holen sollte, die Bauern wußten das besser.

Als die Sonne so hoch stand, daß sie just in den Born hineinsehen konnte, nahm der Storch sich auf und flog über das Bruch und die hohe Heide und die Felder, bis er da war, wo er hergekommen war, auf dem Hehlenhof, der ganz allein für sich in seinem Hausbusche lag, so daß man vor lauter Eichen und Hülsen und Holderbüschen, die hinter der mächtigen Mauer aus Ortsteinen wuchsen, nichts von ihm sah, als den Herdrauch.

Die Störchin stand auf, als der Storch kam; er aber flog über das Hausdach fort und ließ sich im Blumengarten hinter dem Wohnhause nieder, wo der Flieder durch den Tau roch und der Goldregen über den Zaun hing. Er stand zwischen den Buchsbaumrabatten und sah sich um; dann ging er bis zu der Ecke, wo das Fenster der Dönze offen stand.

Das Totenhuhn, das auf dem Windbrett saß und einen Diener über den anderen machte, drehte sich bald den Hals ab, aber es konnte nicht sehen, was der Adebar da machte, denn er war hinter einem der spitzen Machangelbüsche, die rechts und links vor der Türe standen, kam aber bald wieder heraus, ging bis mitten in den Garten und flog fort.

Adebarstag

In der Schlafbutze der Dönze lag die Bäuerin und in ihrem Arme der Hoferbe und beide atmeten durcheinander.

Als der Storch fortflog, schlug das Kind die Augen auf und meldete sich.

Die Bäuerin seufzte den Schlaf fort, strich sich den Schweiß von der Stirn, sah um sich und lächelte, als sie das Kind sah, das mit den Händen nach ihrer Brust fühlte.

Sie legte es an und sah zu, wie es trank. Im Flett gingen bedächtige Schritte, die Dönzentür ging leise auf und der Bauer kam auf Strümpfen herein.

Seine Augen lächelten, als er vor die Butze trat. Er strich mit seiner großen Hand über die Backe seiner Frau und mit einer Fingerspitze über den Kopf des Kindes, nickte und sagte: »Nötigen braucht man ihn nicht.«

Im Flett kamen wieder Schritte näher, eine große, breite Frau mit schönem Gesicht stand in der Türe.

»Komm' man her, Großmutter«, sagte der Bauer, »ich muß jetzt nach den Wiesen. Bei Uhre elfe bin ich wieder zurück.«

Er ging, aber in der Türe drehte er sich noch einmal um: »Es ist eine wahre Pracht, wie er trinkt.«

Die Großmutter nickte und sah zu, wie das Kind trank, und als es die Mutterbrust von sich stieß, nahm sie es hin und wickelte es aus.

Sie lachte, als sie die breite Brust und die geraden Glieder des Kindes sah. »Er ist fast zu schön für ein Dreitagekind, Detta«, meinte sie, »so schier und eben. Und welche Masse Haare er hat, als wenn er sechs Wochen alt wäre. Und hat man schon bei einem Kinde, das noch nicht wochenalt ist, solche festen Nägel gesehen?«

Sie klopfte es zärtlich, aber dann nahm sie das rechte Händchen des Kindes zwischen ihre Finger: »Den alten dummerhaftigen Beifinger, den brauchte er nicht zu haben. Junge, junge, was brauchst du elf Finger?«

Ihre Tochter lächelte: »Ach, Mutter, das ist ja wohl kein Unglück! Wer lang hat, läßt lang hängen. Und sein Großvater hat ja sogar zwölf gehabt.«

Die Großmutter machte eine krause Stirne: »Das ist es ja eben, das mit dem Großvater. Hätte er zehn Finger gehabt, dann hätte er wohl noch ein Enkelkind hüten können. Die alten, vermuckten Beifinger! Alle Hehlmanns mit überzähligen Fingern hatten zu viel Hitze im Geblüt. Aber wenn man dieses Kind sieht, so hübsch, als wie es daliegt, mit Augen, wie der liebe Himmel, dann sollte man meinen, daß das bloß ein dummer Aberglauben ist. Die Zukunft liegt in Gottes Hand; wir wollen uns darüber keine Gedanken machen. Wer zu lang vorausdenkt, macht sich zu früh Sorgen.«

Sie legte das Kind hin, rief der Kleinmagd, daß sie das Wasserwarmbier bringe, und als die Wöchnerin die Suppe ausgelöffelt hatte, strich ihr die Mutter das Kissen zurecht, schloß das Fenster der Fliegen wegen dicht zu und mahnte: »So, nun schlaf' man, daß du bald wieder beinig wirst.«

In der Tür blieb sie stehen: »Er sieht heute ganz anders aus den Augen, als wie die Tage vorher; er sieht einen heute schon ordentlich an, als wenn er einen kennen täte. Gestern hatte er noch gar keinen Blick in den Augen.«

Ihre Tochter lächelte: »Ja, Mutter, das bedünkt mich auch so. Aber heute ist ja auch Adebarstag.«

»Heidenschnack«, warf die Großmutter lächelnd hin, und dann ließ sie Tochter und Enkel für sich.

Der Beifinger

Das Kind schlief und Detta Hehlmann sah es an, bis daß der gelbe Vogel draußen so laut an zu pfeifen fing, daß sie nach dem Fenster sehen mußte.

Im Garten ging der Wind; das Weinlaub war rege und ein weißer Nägelchenbusch ging immer auf und ab.

Der jungen Frau bedünkte es, als hätte sie das alles noch kein mal gesehen. Vier Tage waren es erst her, daß sie von den Füßen mußte, aber ihr war zu Mute, als wenn ein Jahr darüber hin wäre.

Noch kein mal war ihr das Weinlaub so schön vorgekommen und noch nie hatte der Wigelwage so süß in den Hofeichen gesungen.

Ihr wurde ganz weichmütig zu Sinne und die Augen gingen ihr über. Ihr war so wunderlich, daß sie die Hände falten mußte.

Ihren Johann hatte sie, einen guten Mann, und dann dieses Kind, so schön und so gesund. Am ersten Maitage in der Frühe war es dagewesen, ein Morgenkind, ein Maikind, und darum war es wohl so schön.

Die Mutter hatte recht; heute hatte der Junge ganz andere Augen.

Detta lächelte und dachte an die Worte der alten Magd: »Am dritten Tage bekommt ein Kind die Seele. Der Adebar bringt sie ihm. Bis dahin ist es nicht mehr, als ein unvernünftiges Vieh.«

Das alte Mädchen steckte voll von Heidenglauben. Sie war manchmal nicht ganz bei sich, die alte Hermine; sie hatte auch ein trauriges Leben gehabt.

Sie war mit einem Großknecht versprochen gewesen. Da kam der Bonaparte und nahm ihr den Bräutigam.

»Ich wollte ihm etwas Gutes mitgeben«, hatte die alte Magd an Dettas Ehrentage erzählt, »und da konnte ich nicht anders, als meinem Karl zu willen sein. Und das ist mir heute noch nicht gereut.«

Der Bräutigam blieb in Rußland; es kam nie wieder eine Kunde von ihm. Sein Kind aber wuchs auf dem Hehlenhofe zu einem strammen Jungen heran und kein Mensch trug es ihm nach, daß er ein lediges Kind war. Zwei Jahre war er schon Kleinknecht, da schlug ihn der Schimmel tot.

Das arme alte Mädchen! Die junge Frau sah zu ihrem Kinde hinab. Das rechte Händchen mit dem Beifinger lag auf dem Kissen.

Ihr trat der Großvater ihres Jungen vor die Augen. Der wilde Hehlmann hatte er geheißen. Ein Kerl, wie eine Tanne war er, mit Augen, die einen hellen Blick hatten.

Der war auch mit zwölf Fingern auf die Welt gekommen und sein Haar hatte im Nacken just solchen Wirbel, wie sein Enkelkind, das er nicht mehr sehen sollte, denn er lag schon einige Jahre neben der Kirche.

Durch eigene Schuld war er mit sechzig Jahren unter die Erde gekommen, denn von Rechts wegen mußte er es auf hundert bringen. Aber seine zwölfhundert Morgen Eigenjagd waren ihm zu wenig; er hatte immer den Grenzstein in der Tasche und jagte, soweit der Himmel blau und die Heide braun war.

Als er wieder einmal im Königlichen jagte, hatten ihn die Förster spitz gekriegt und mit dem Hunde seine Spur ausgearbeitet. Aber der alte Hehlmann hatte es gemerkt und obzwar es wintertags war, hatte er sich nicht besonnen und war drei Male bis an die Brust quer durch die Beeke gegangen und hatte dann naß wie eine Katze im Bruch den Abend abgewartet, ehe er auf Umwegen nach seinem Hofe ging.

Acht Tage hinterher lag er steif und kalt auf dem Schragen; eine Lungenentzündung hatte ihn umgeworfen.

»Bis auf das Letzte ist er gegen den Tod angegangen«, hatte die alte Hermine erzählt. »Er wollte und wollte nicht sterben. Noch nicht, noch nicht, schrie er immer; es war schrecklich anzuhören. Schlecht war er nicht, aber er gehörte hier nicht her. Er hielt den Kopf höher, wie ein adeliger Herr, und es war keine Frau und kein Mädchen, das ihm in die Augen sehen konnte, ohne daß ihr das Blut in die Backen sprang. Gegen Kinder und Hunde war er von Herzen gut, aber die Mannsleute kriegten gefährliche Augen, wenn die Rede auf ihn kam. Wo ein glattes Gesicht war, da war er nicht weit; in seinem letzten Jahre mußte seinethalben noch eine Magd vom Hehlenhofe. Er war kein Mann für geruhige Zeiten; es war ein Kerl, wie man sie braucht, wenn die Kriegsvölker zu Gange sind.«

Dettas Gesicht wurde ernst. Der Beifinger ihres Jungen und der Haarwirbel im Nacken wollten ihr nicht aus dem Sinne.

Und dann dachte sie an das, was man von dem Großvater des Großvaters erzählte, von Hans Detel Hehlmann.

Mit dem hatte es ein schlimmes Ende genommen. Er hatte den Hut aufbehalten, als der adelige Herr vorüberging, denn er hatte einmal einen Ärger mit ihm gehabt. Da hatte der Herr ihn mit der Peitsche über den Hut geschlagen und gerufen: »Mach' dich bar, Bauer!« Und da war der Bauer zugesprungen, und hatte den Ritter mit der baren Faust totgeschlagen.

Bei Nacht und Nebel war er aus dem Lande gegangen und in dem Hausbuche stehen hinter seinen Namen die Worte: »Es kam niemals wieder eine Kunde von ihm. R. i. p.«

Dettas Augen wurden wieder heller. »Die Welt geht jetzt einen geruhigeren Gang«, dachte sie. »Und ist der Junge auch an der Reihe, daß das wilde Blut bei ihm hochkommt, Johann und ich, wir wollen schon dafür sorgen, daß es sich in Zucht und Sitte hält. Alle Mannsleute sind zuletzt von wilder Art, die besseren wenigstens.«

Sie dachte an ihren Jochen, der ihr anfangs fast zu gut vorgekommen war. Eines Tages jedoch hatte der Knecht den Rappen mit dem Forkenstiel über das Maul geschlagen; da hatte der Bauer aber losgelegt; wie ein Ungewitter polterten seine Worte über den Knecht her. Und da wurde der Knecht frech und machte eine ausverschämte Redensart. Es sollte ihn bald gereuen. Hehlmanns Augen wurden rund und blank; mit einem Griffe hatte er den Burschen bei der Brust und ehe der es sich versah, lag er im Entenpump. Ganz voll von Entenflott kam er wieder heraus, nahm seinen Lohn, packte seine Sachen und machte, daß er weiter kam.

Der Fink im Garten sang immer und immer wieder dasselbe Lied und der Wigelwagel flötete in einem fort auf die gleiche Art. Und immer und immer wieder gingen die grünen Blätter und die weißen Blumen hinter den kleinen Scheiben auf und ab.

Der jungen Frau fielen die Augen zu. Aber mit einem Male seufzte sie auf und sah wild um sich. Sie sah nach der Wiege und dann hinter dem Traume her, der eben bei ihr gewesen war.

Da hatten auf einmal zwei Frauen bei der Wiege gestanden. Die eine, die mit dem braunen Gesicht und den Augen, so schwarz und blank, wie der Ruß am Rehmen, war aus dem Moore gekommen, denn sie roch nach Post.

Die andere, deren Gesicht wie Milch war, mit Augen, so blau wie Bachblumen, war über die Wiesen gekommen, denn von ihren Kleidern kam der Geruch von Gras und Blumen.

Sie standen bei der Wiege und besahen das Kind. Die Frau mit dem gelben Gesicht hatte gemurmelt: »Als wie ein Herr sollst du leben.« Dann machte sie das Hexenkreuz über dem Kinde und war verschwunden.

Die andere Frau aber machte über dem Jungen das Zeichen, das die Bauern vom Hehlenhofe seit unvordenklichen Zeiten als Hausmarke hatten und flüsterte: »Und dein Knecht sollst du sein.« Dann war sie nicht mehr zu sehen.

Die junge Frau dachte nach. Träume sind Schäume, sagt der Pastor, und dann fiel ihr die alte Hermine ein, die so fest an Träume glaubte, daß sie ihr eigenes Begräbnis voraussagte.

»Mein Karl hat mich wissen lassen, ich soll Sonntag bei ihm sein«, hatte sie Freitag gesagt. Am Sonnabend Morgen lag sie tot im Bette.

»Wer hat recht?« dachte die junge Frau und sah nach dem Fenster. »Hat der Pastor recht oder Hermine? Der Pastor hat die Wissenschaft, aber das alte Mädchen hatte den Glauben.«

Wieder lächelte sie, es kam ihr in den Sinn, daß sie als Schulmädchen ein Buch gelesen hatte, in dem die Geschichte von der guten und der bösen Patenfee stand.

Dieses alte Märchen war ihr im Schlaf wieder eingefallen.

Das Hausbuch

»Johannes Gotthard Georgius soll er heißen«, sagte der Hansbur.

Den ganzen Sonntag nachmittag hatte er in der Dönze gesessen und in dem Hausbuche gelesen.

Das war ein altes Buch in Schweinsleder gebunden und mit einem Schlosse aus Messing. Auf der ersten Seite war dieser Spruch zu lesen:»De Mensche van ejner Frouwen geboren leuet ejne Korte tidt unde is vull vnrowe.«

Allerlei war darin zu lesen, von Kriegsnöten und Pest, Mord und Brand, von hungrigen Zeiten und fetten Jahren.

Fromme Sprüche waren darin aufgezeichnet und alte Mittel, dem Vieh zu helfen mit Kräutern und Besprechung.

Unterschiedlich war die Handschrift, bald kraus und bunt, bald steif und steil; hier wie gestochen, und da krumm und schief, wie Fuhrentelgen.

Absonderliche Belebnisse standen darin: »Die Wölfe haben so gehecket, dieweil keiner ist, der ihnen zu Leibe gehen kann, daß wir uns deren nicht erwehren können. Gestern sind wieder drei Schafe weniger in den Kaben zurückgekommen, als morgens herausgelassen waren. Das sind siebzehn Stück in diesem Frühjahre.«

Hehlmann blätterte um, denn das war es nicht, was er suchte. Aber dieses hier mußte er doch lesen: »Der englische Schweiß geht wieder im Lande um. Im Ohldörpe sind letzte Woche bei zwanzig Leute abgestorben, die mehrsten vor dem dritten Tage. In Lichtelohe sind sieben neue Gräber bei der Kirche. Herr, halte deine Hand über uns.«

Hehlmann blätterte zurück; da stand zu lesen: »Des Herrn Wege sind wunderlich. Johann Detel Georg Hehlmann hat uns ein Schreiben zukommen lassen. Zweimal zehn Jahre ist er verschollen gewesen für uns. Er hat mit Bravour gegen die Türken gefochten und ist immer mehr geworden, zuletzt ein hoher General und

Anführer über viele Kriegsvölker. Der Kaiser hat ihm große Güter gegeben und einen Grafen aus ihm gemacht, so daß er jetzt Graf

Hehlmann von Gollenstedt geheißen wird. Hier hatte er nicht taugen wollen.«

Darunter stand: »Ohm Hein sagt, er hat sechs Finger an jeder Hand gehabt und sein Haar ist in zwei Wirbeln gelegen.«

Hehlmann sah auf: das war der erste mit Beifingern und mehr als einem Haarwirbel. Der hatte es zu etwas gebracht, aber sein Geschlecht war bald ausgestorben und die Güter waren wieder dem Kaiser zugefallen. Ein Hehlmann hatte darum geklagt; die Herren vom Gericht hatten aber herausgefunden, daß die Verwandtschaft zu weitläufig war.

Der Bauer dachte nach. »Detel soll er nicht heißen«, beschloß er bei sich. »Drei Namen haben wir alle. Der erste ist immer der alte Name, wonach die Bauern solange Hansbur hießen, bis die Regierung befahl, daß sie sich nach einem Beinamen umsehen mußten. Auf den dritten Namen kommt es nicht an, aber auf den zweiten, denn mit dem wurden sie gerufen. Und Detel war kein guter Name.«

Er las weiter. »Johann Hinrich Detel« stand da und ein Kreuz dahinter und die Worte: »Der Herr erbarme sich seiner armen Seele.«

Weiter stand nichts da, aber mit anderer Schrift war an den Rand geschrieben: »Er hat im Kruge zu Eschede im Mai 1711 einen Handelsmann mit dem Messer beim Kartjen erstochen. Am 8. Juni mit dem Schwerte zu Zelle vom Leben zum Tode gebracht. In den Gerichtsakten steht als absonderliches Merkzeichen: Er hatte eilfen Finger.«

Hehlmann machte die Stirne kraus. Also Hinrich, das ging auch nicht. Und einen neuen Namen wollte er nicht haben für den Jungen.

Er schlug weiter um. Über die Frauennamen las er weg. Aber bei dem einen blieb er doch hängen. »Dorothea Hille Sophia Hehlmann, geb. 13. Mai 1773. Gest. 13. Mai 1813. Sie hat sich weggeschmissen.«

Mit roter Tinte stand in zierlicher Schrift am Rande: »Wir wollen keinen Stein auf ihr werfen. Sie soll ausnehmend schön gewesen sein und ist nach vielfachen Fahrten eines achtbaren Mannes ehelich Weib geworden. Gotth. H. Hehlmann, P.«

Der Wigelwagel pfiff in den Hofeichen und schrie hinterher ganz unmäßig. Hehlmann war es so, als ob er Detel oder Hinrich schrie.

»Nein, Detel und Hinrich sind keine Namen für meinen Jungen«, dachte er, »so scharf und spitz, das hat keine Art. So ein Name, der muß sein, daß er in sich selbst Bestand hat.«

Er blätterte wieder weiter. »Johannes Gotthard Hinrich Hehlmann, Pastor zu Lichtelohe. Sein Andenken bleibt ewiglich in Ehren. Er war ein frommer Knecht des Herrn.«

Hehlmann nickte. »Gotthard hört sich vortrefflich an, ruhig und sinnig. Das ist eine Name, der einem Manne zu Gesichte steht, wie ein ehrbarer Rock.«

Er schlug weiter um: »Johannes Gotthard Antonius. Er war ein Mehrer des Hofes und hat ihn aus den Schulden herausgebracht.«

Hehlmanns Augen wurden hell. Es kamen zwei leere Seiten, dann vier Seiten mit frommen Sprüchen und Heilmitteln für das Vieh, und dann stand wieder da: »Johann Gotthard Hermen; ist über achtzig geworden und hatte noch alle Zähne und solche Kraft, daß er das junge Volk bei der Arbeit hinter sich ließ. Er hatte für jedermann einen Rat und ein trostreiches Wort und wurde in allen Nöten des Leibes und der Seele um Hülfe angegangen. Wenn einer, so ruhet er in Abrahams Schoß.«

Der Bauer tauchte die Feder ein und schrieb: »Johannes Gotthard«, dann besann er sich eine Weile nach einem dritten Namen und schrieb »Georgius«, denn so hieß der nächstverwandte Hehlmann, Ohm Jürn, der die Schnucken unter sich hatte.

Hehlmann scharrte Sand von den Dielen, streute ihn auf die Schrift, las noch einmal, was er geschrieben hatte, und sprach vor sich hin: Johannes Gotthard Georgius«, und nach einer Weile: »Gotthard Hehlmann.«

Dann schlug er das Buch zu und legte es in die Beilade.

Das Osterfeuer

Göde riefen sie den Jungen, denn Gotthard nahm ihnen zu viel Zeit.

Der Junge wuchs, daß es ein Staat war. Er hatte einen ansehnlichen Vater und seine Mutter war das glattste Mädchen weit und breit gewesen. So war es kein Wunder, daß der Junge rundumher als das schönste Kind galt.

Und gesund war er und kernfest, wie die Eichen auf dem Hofe. Er hatte Licht und Luft und gute Hut, und als seine Mutter mit ihm ging, hatte sie ihre Augen hell und ihr Herz rein gehalten.

Kein mal hatte sie beim Nähen schwarzen Zwirn über den Hals gehängt, nie einen Faden abgebissen, niemals die Leinwand gerissen.

Eins nur machte ihr Sorge: Als sie fühlte, daß sie guter Hoffnung war, war der Viehhändler Seligmann auf den Hof gekommen. Sie hatte ihn nie so recht leiden können. Als er ihr auf so wunderliche Art die Hand gab, sie mit Augen ansah, als hätten sie zusammen Holz gestohlen, und sie schmusternd fragte: »Nun, schöne, junge Frau, hat der Adebar schon geklappert?« da hatte sie den Kopf geschüttelt. Wenn aber eine Mutter ihr Kind ableugnet, dann bleibt es nicht bei der Wahrheit.

Aber das mochte nur wieder so ein Schnack sein von Mutter Griebsch, die der jungen Frau sagte, was sie tun dürfe und was nicht.

Detta gab auf alle diese Dinge nicht so ganz viel, denn zu oft hatte der Pastor dagegen von der Kanzel geredet; deswegen stellte sie die Wiege aber doch immer fest, wenn das Kind nicht darin lag, damit sie nicht taub hin und her ging und der Junge Kopfweh bekam. Sie sorgte dafür, daß keine jungen Hunde auf dem Hofe waren, und nahm nicht die Schere, wuchsen dem Kinde die Nägel über.

Weil der Junge elf Finger hatte, zog sie ihn durch die Zwille einer jungen Eiche, und als der Finger trotzdem nicht zurückging, band sie ihn mit einem weißen Faden ab und tat den Saft von Jesuwundenkraut darauf, und es blieb nichts zurück, als eine kleine rote Stelle.

Die große bunte Wiege von Eichenholz, die seit 1564 auf dem Hofe war, wurde zu kurz, als Göde ein knappes Jahr alt war, so wuchs der Junge.

Durchschnittlich war er ein freundliches Kind, aber einmal, als seine Mutter sich verjagt hatte, als das Wetter in eine von den großen Eichen schlug und die ganze Deele voll von blauem Feuer war, mußte ihr wohl die Milch hart geworden sein, denn als der Junge trinken wollte, hatte er schnell losgelassen und ganz falsch mit der Hand nach der Brust geschlagen. »Du Untier«, hatte die Mutter gesagt, »noch nicht ein Jahr und schon schlägt er zu, wie ein Alter.«

Sonst war er aber gutartig, lachte immer und wenn man ihn mitten aus dem Schlafe aufnahm. Er konnte drei Stunden allein liegen und mit seinen Füßen spielen oder lauthals über den Schatten juchen, den seine Hände gegen die Wand warfen. Wenn er einmal ein bißchen weinte, so wie einer mit ihm sprach, gleich lachte er wieder.

Bloß wenn der Bauer vorbeiging, ohne mit ihm zu sprechen oder ihn auf den Arm zu nehmen, dann fing er ganz gefährlich an zu schreien, und Hehlmann lachte und sagte: »Eine Stimme hat er, wie ein Bullenkalb. »

So blieb er auch; immer war er lustig und nie verzagt. Als er vier Jahre alt war, schnitt er sich zwei Finger bis auf den Knochen durch und kam mit Tränen in den Augen ganz still an und sagte: »Mutter, Lappen ummachen.« Mit sieben Jahren griff er den Marder, der in das Tellereisen getreten war, und brachte Marder und Eisen lachend in das Haus, und dabei hatte ihn das Tier durch den Daumennagel gebissen.

Er hatte eine Art mit dem Vieh umzugehen, als wenn er schon ein Kerl von zwanzig Jahren wäre; alles, was auf dem Hofe an Getier war, mußte ihm untertänig sein, aber nie ging er hart damit um, außer, wenn eins nicht so wollte, wie er.

Dann aber wurden seine Augen blank und seine Stimme war wie ein Peitschenklappen, und der Bauer und die Bäuerin sahen sich an, machten enge Lippen und die Mutter rief über den Hof: »Göde, prahl nicht so!«

Ein einziges mal war der Vater böse zu ihm geworden. Die Kinder hatten sich ein Osterfeuer gemacht und waren über die Flammen gesprungen, Göde immer vornweg.

Bloß Ludjen Wehmeyer, ein Häuslingsjunge, wollte nicht, denn er war bange. Da war Göde an ihm vorbeigelaufen, hatte ihn an den Ärmel gefaßt und war mit ihm über das Feuer gesprungen, das heißt, nur halb, denn weil Ludjen sich sträubte, fiel Göde und nun lagen sie alle beide in dem Feuer.

Göde hatte nicht viel abgekriegt, aber Ludjen um so mehr und als Mutter Wehmeyer auf den Hof kam und dem Bauern die Ohren vollheulte, da hatte Göde abgestritten, daß er schuld sei.

Aber die Lüttjemagd hatte über die Halbetüre gerufen: »Doch hat er schuld, ich hab' es gesehen!«

Der Vater hatte ihn mit in die Dönze genommen und gesagt: »Warum bleibst du mit der Wahrheit hinter dem Busche? Gehört sich das für einen Bauernsohn? Wie kann ich dir glauben, wenn du einmal gelogen hast? Und damit du dir das merkst, gehst du die erste Woche nicht mit in das Bruch.«

Im Ruhhorn

Das war ein harter Spruch.

Schön war es auf dem Hofe unter den tausendjährigen Eichen; da flogen die Hirschkäfer um die olmige Eiche und es sah putzwunderlich aus, wenn sie die kleinen Wagen zogen, die Göde ihnen machte.

In dem alten Burgfried, der im Giebel noch drei Kugellöcher aus der Schwedenzeit aufwies, hatte die Hauseule ihren Unterstand und es war rein zum Lachen, wenn Göde kam; denn dann machte sie sich ganz lang und wackelte just so wie Zitterfried, der Lumpensammler, wenn er einen Schnaps zu viel hatte.

Unter dem Brennholze wohnten die Heermännken und wenn man sich still verhielt, liefen sie hin und her und brachten ihren Jungen Mäuse.

Im Heidschauer hatte der Zaunkönig sein Nest und machte eine furchtbare Schande, wenn ein Mensch in die Nähe kam.

Dann war da Matz, die Elster, die Göde aufgezogen hatte, die lauter Dummerhaftigkeiten im Kopfe hatte, indem sie bald wie eine Katze machte oder wie ein Habicht schrie, daß die Hunde wie verrückt in ihre Ketten gingen und die Hühner für unklug unter das Holz liefen.

Ein Hauptspaß war es auch, wenn Glocke oder Kiekebusch, die beiden jungen Bracken, die der Bauer für den Förster aufzog, sich mit einem Zaunigel befaßten und sich heiser bellten und so lange in das Untier hineinbissen, daß ihnen der blanke Schaum vor den Schnauzen stand.

Außerdem gab es Ratten und Erdmäuse zujagen, und das brachte etwas ein, denn für jede gab es vom Vater einen Pfennig. Und hatte Göde zum Rattenpassen keine Lust, dann nahm er das Pusterohr und wartete in der Laube, bis es im Kirschbaume knackte, und es war selten, daß die Tonkugel den Kirschfink nicht zwischen die Zwiebeln warf.

Auch die Katteeker, die aus dem Holze kamen und an die Birnen gingen, hielt Göde mächtig im Schach und manch einen holte er mit der Pistole herunter.

Aber das alles war doch nichts dagegen, wenn es in die Wildnis ging. Was gab das für ein Peitschenklappen und Prahlen: »Willst du hier, Buntscheck! Zurück, Blöming! Geh zu, Wittkopp! Heraus, Kreih!«

Wenn dann die Kühe vom Wege wollten, so wurden Strom und Pollis und Widu hinterhergeschickt. Dann war Göde auf der Höhe, wenn er drei, vier Jungens, die Hunde und das Vieh unter sich hatte, und alle ihm gehorchen mußten, selbst Hannes, der Bulle, denn wo Gödes lange Peitsche hinkam, da zog es Blasen.

»Wie der Junge das Regieren los hat!« meinte der Bauer, »ich habe das mit vierzehn Jahren noch nicht so gekonnt.«

Am liebsten trieb Göde das Vieh in die Ecke des Hehlenbruches, wo die schnelle Bullerbeeke mit der langsamen Wittbeeke zusammenkam, denn da brauchte er nicht so viel aufzupassen, weil das Vieh nicht durch das Wasser ging.

Das Ruhhorn hieß die Gegend und war das schönste Teil von dem ganzen Bruche.

Viel altes Holz stand da auf den hohen Sandbrinken, die vor der Beeke lagen, Eichen und Fuhren und auch etliche Buchenbäume, und Fichten und Birken in Masse, und darunter wuchsen Machangeln, Hülsen und Haseln und wer weiß was alles. Erdbeeren gab es da die schwere Menge und später Bickbeeren, Brombeeren und Kronsbeeren.

Vielerlei Getier lebte da, Hirschböcke, Rehböcke und manchmal auch ein wildes Schwein. Der Habicht baute da und der Rabe und der schwarze Storch, und fast jeden Tag standen Reiher an der Beeke und im großen Moore gingen die Kraniche auf und ab, klappten mit den Flügeln und bliesen wie Janpeter Luhmann, der Schweinehirt.

Immer war es im Ruhhorn schön, trotz der Mücken und Gnitten und blinden Fliegen und der giftigen Addern. In der Bullerbeeke saßen Forellen und wer sich darauf verstand, konnte sie leicht kriegen; in der Wittbeeke standen Hechte und wühlten Aale. Göde stellte Setzangeln, wie es ihm Tönnes Tielemann und Hein Gird Grönhagen, die Kleinknechte, beigebracht hatten.

Er ging nicht gern mit den Knechten, denn dann mußte er tun, was die wollten, und das war ihm nicht nach der Mütze; lieber ging er hinter den Kühen, weil er dann allein das Wort hatte.

Aber ab und an, wenn einer von den Kleinknechten eine andere Arbeit hatte, mußte er mit den Pferden zu Bruche, und dann lernte er jedes einzige Mal etwas Neues.

Tönnes war faul und saß schmökernd bei seinen Setzangeln, Hein Gird aber stokelte überall herum und bald kam er mit einer Mütze voll Enteneiern an, bald mit einem jungen Reh, und in der Schummerstunde brachte er das dann nach seiner Mutter.

Das dauerte so lange, bis daß der alte Hagelberg, der Förster, sie dabei packte. Da mußten sie alle drei zum Vorsteher und es gab einen heidenmäßigen Krach, als Göde mit der Sprache herauskam und sagte, daß Tönnes und Hein Gird ganze Mützen voll Enten- und Birkhuhneier und viele Aale und Hechte und Hasen und auch ein junges Reh nach Hause geschleppt hatten.

Kein eines Mal hatte Göde seinen Vater so wild gesehen: »Junge«, hatte er gerufen und war ganz rot unter den Augen geworden, »machst du mir solche Schande! Vor dem Vorsteher stehen, wie ein Vagelbunde, der an fremder Leute Eigentum gegangen ist! Die Fischerei in den beiden Beeken ist dem Müller und die Jagd ist herrschaftlich. Du kannst heilsfroh sein, daß ich mit dem Droste gut stehe, sonst geht es dir, wie den beiden Unduchten, dem Tönnes und dem Hein Gird: die sind jeder zu zehn Peitschenhieben verdonnert! Wenn sie heute abend zurückkommen, sag' ihnen, sie sollen dir ihr Achterviertel weisen; da kannst du deine Freude an haben. Und das mit dem Bruche ist nun aus. Vom Montag ab gehst du zum Pastor in die Vormittagsschule. Und die Pistole gib auch her. Das Ding bringt dich bloß auf Dummerhaftigkeiten.«

Der Junge war weiß wie eine Wand geworden. Daß er nicht mehr in das Bruch durfte, das war schon schlimm, die Pistole mißte er auch nicht gern, und die Vormittagsschule, davon hielt er erst recht nichts; aber wenn er daran dachte, daß jetzt beim Vorsteher Tönnes und Hein Gird auf der langen Bank lagen und Humpelhinnerk weiste sie mit dem Haselstocke, daß es nur so brummte, da wußte er: wäre es ihm so gegangen, er hätte sich einen Strick gesucht und es gemacht wie Töde Döbke, der Schneider, als er unter das Schnapsverbot kam.

Ganz begossen stahl er sich ab und ging zu Ohm Jürn, der auf der Heide bei den Schnucken stand und an einem Strumpfe knüttete. Der freute sich, als er den Jungen kommen sah, über sein ganzes altes faltiges Gesicht, das so braun wie Ellernholz war, und hielt ihm eine Rede, eine große Rede für seine Verhältnisse, denn meist sprach er überhaupt nicht, höchstens brummte er so vor sich hin.

»Ja, ja, Junge; laß' den Kopp nicht hängen, Kind, sagte die Kuh, als sie mit dem Kalb durch die Beeke mußte. Ist man alles halb so schlimm. Und die Häuslingsjungen sind schon gar kein Umgang für einen Hoferben.«

Das sah Göde denn auch ein und das Herz tat ihm gar nicht weh, als abends die Jungens mit dem Vieh vom Bruche zurückkamen und lauthals sangen.

Die Grenze

Die Vormittagsschule war lange nicht so schlimm, wie Göde sich das gedacht hatte. Der alte Pastor Rotermund sah nur von weitem so gefährlich aus, weil er so lang war und so dünn und weil ihm das weiße Haar über den Rockkragen hing.

So ging denn Göde in das Pastorenhaus, obzwar er sich da nicht so fühlte, als wie in der Schule. Einmal wehte da eine andere Luft; auf dem Hansburhofe ging es ja auch sinnig und anständig zu, aber bei dem Pastor war es, als wenn jeden Tag Sonntag war.

Obzwar daß die Frau Pastor eine Bauerntochter war und Schultern hatte, wie ein Mannsbild und meist Beiderwand oder Blauleinen trug und vor keiner Arbeit bange war, sie hatte etwas an sich, daß Göde jedesmal rot wurde, wenn er sie sah und den Hut noch einmal so tief abnahm.

Aber die Hauptsache war, daß er hier nicht die erste Violine spielte, wie in der Übermittagsschule bei Lehrer Mackentun. Walter Dodegel, der Sohn vom Doktor aus Ohldorp, nahm es zwar an Kräften mit ihm auf, aber er hatte eine Art, an ihm hinunterzusehen, die Göde für den Tod nicht ausstehen konnte.

Es hatte keine acht Tage gedauert, da waren die beiden aneinandergekommen.

Walter hatte Göde damit aufgezogen, daß er noch nicht einmal wußte, wer Pipin war, denn wenn der alte Mackentun den Jungens Lesen, Schreiben, etwas Rechnen und eine Menge Bibelsprüche und Gesangbuchverse beigebracht hatte, das schien ihm schon reichlich für einen Bauern- oder Häuslingsjungen.

Aus Niedertracht hatte Göde Walter gefragt, wieviel Vieh sein Vater habe, und ihn ausgelacht, als der ärgerlich sagte: »Wir brauchen keins; wir sind keine Mistbauern.«

Da hatte Göde gesagt: »Und wenn der Mistbauer schickt, muß dein Vater ihm für einen Gulden in den Hals kucken oder Mutter Griebsch beim Kinderholen helfen«, und das hatte den Doktorsjungen so falsch gemacht, daß er Göde eins hinter die Ohren schlug.

27

Göde wurde es heiß und kalt; es war der erste Schlag seit seinem fünften Jahre; es wurde ihm rot vor den Augen und es war, als hielte ihm jemand den Hals zu. So schrecklich sah er aus, daß Walter die Bank zwischen sich und ihn brachte.

Es war aber auch die höchste Zeit, denn Göde, der an einem Stocke geschnippelt hatte, zischte wie eine Adder und stürzte mit dem blanken Messer auf Walter los.

Zum Glück schrie Wolf von Hohenholte, der auch beim Pastor in die Schule ging, laut auf und streckte die Hand vor, sonst hätte es ein Unglück gegeben, denn Göde zitterte an allen Gliedern und der Schweiß stand ihm auf der Stirn.

In diesem Augenblicke stand die Pastorsfrau bei ihnen und sagte: »Kommt mal alle mit!« Und als sie in der Waschküche standen, fragte sie: »Was war das mit euch? Erzähle mal, Wolf!« Das war ihr Liebling, weil er immer gelassen blieb.

Da verwies sie Walter und Göde mit ruhigen Worten ihr Benehmen und ließ sich von allen Dreien in die Hand versprechen, daß keiner darüber reden solle. »Mein Pastor regt sich sonst zu sehr darüber auf und bekommt am Ende sein Lungenbluten wieder«, setzte sie hinzu.

Nach der Schule rief sie über den Hausflur: »Komm' mal her, Göde, du kannst deiner lieben Mutter das Nähgarn mitnehmen«, und als der Junge in der Wohnstube stand, machte sie die Türe zu, legte ihm beide Hände auf die Schulter, sah ihm freundlich in die Augen und sagte:

»Junge, ich glaube, du bist von Herzen gut, aber einen lütjen Satan hast du in dir. Denke bloß, was du hättest anrichten können. Es war sehr häßlich, daß Walter dich schlug, aber das Messer nehmen, mein Kind, das ist denn doch nicht Landesbrauch. Ein tüchtiger Junge wehrt sich mit der Faust, wenn es nicht anders geht; besser ist es aber, er läßt den Zorn nicht über sich Herr werden. Hüte dich vor dem Jähzorn, er hat schon einen Hehlmann in das Unglück gestürzt und Schande auf euren Namen gebracht.«

Dann legte sie ihm ihren Arm um die Schulter, streichelte ihm die Backen und erzählte ihm die schreckliche Geschichte von Hinrich Hehlmann, der im Jahre 1711 zu der Zeit, als das junge Birkenlaub über die Heide roch, mit dem Schwerte vom Leben zum Tode gebracht wurde, wie es in der Pfarrchronik und in dem Hausbuche vom Hansburhof aufgezeichnet war. Und sie redete so gut mit ihm, daß Göde die Augen überliefen.

Draußen wartete Wolf auf ihn und sagte: »Unter uns bleibt die Sache; ob Walter schweigt, soll mich wundern. Übrigens hätte ich es gerade so gemacht, wie du. Schlagen? Pfui Deubel!«

Dieses eine Wort brachte ihn Göde sehr nahe, dem er bisher etwas albern vorgekommen war, weil Wolf so achtsam auf seine Nägel war und immer einen Abstand zwischen sich und den andern hielt, obzwar jeder wußte, daß der alte Freiherr seine liebe Not und Mühe hatte, sich und seine sieben Kinder mit seiner geringen Pension auf dem kleinen Gute, von dem in schlechten Zeiten die besten Stücke verkauft waren, durchzuschlagen.

Als Müller Prasuhns Christian Wolf mit seiner Armut geneckt hatte, da hatte dieser ruhig gesagt: »Geld ist Dreck. Ich will lieber deutsch hungern als wendisch prahlen«, und dann hatte er sich umgedreht und Christian stehen lassen, der ihm mit tückischen Augen nachsah, denn wenn auch sein Vater stinkereich war, daß er aus dem Wendischen war, hing ihm überall nach, und der ärmste Häusling dünkte sich mehr zu sein, als der reiche Müller.

Da nun Wolf mit Christian seit diesem Tage nie mehr sprach und Walter ihm auch nicht gefiel, so schloß er sich an Göde an, zumal sie beide denselben Weg hatten, denn Hohenholte lag hinter dem Hehlenhof nach Ohlendorp zu.

Und da Wolf immer am Hansburhofe vorbeimußte, so machte es sich von selber, daß er Göde abholte, und als eines Tages ein mächtiges Wetter niederging, nahm er die Einladung der Bäuerin an und blieb zum Mittag da.

Am andern Morgen kam Herr von Hohenholte auf den Hof geritten. Die Bäuerin fütterte grade das Federvieh, als er aus dem Sattel sprang.

»Guten Morgen, Frau Hehlmann«, rief er über den Hof, »Sie sollen auch vielmals bedankt sein, daß Sie gestern meinen Bengel beherbergt und verpflegt haben.«

Die Bäuerin schlug errötend in die Hand ein: »O, da nicht für, Herr Rittmeister! Es war uns eine Freude.«

Da kam Hehlmann aus dem Stalle, ein Wort gab das andere und der Bauer lud den Freiherrn ein, sich das Vieh anzusehen.

Das Gesicht des Rittmeisters wurde immer länger, als er die Pferde, das Vieh und die Schweine sah. Er sah sich auf dem Hofe um und fragte:

»Wieviel Gebäude stehen hier eigentlich?« denn überall zwischen den Eichen sah man einen Stall, einen Speicher oder Schuppen.

»So alles in allem an fünfundzwanzig«, meinte Hehlmann.

»Donnerstag und Freitag«, rief der Rittmeister, »und alles wie aus dem Ei gepellt! Und das nennt sich Bauer! Ach ja, wer es auch so hätte. Aber mein seliger Großvater konnte die Finger nicht zusammenhalten, dem gingen die Füchse immer durch.«

Hehlmann sah ihn groß an: »Der Besitz allein macht es nicht, Herr Rittmeister, der Name ist auch etwas wert. Wenn die Hohenhölter Herren und andere vom Adel immer alle gute Wirtschafter gewesen wären, dann wären nicht so tüchtige Offiziere daraus geworden und sie hätten nicht dafür sorgen können, daß der Bonaparte zum Teufel gejagt wurde. Das soll ihnen unvergessen sein. Und Hohenholte kann noch einmal wieder werden, was es war.«

Da bekam der Rittmeister blanke Augen, und als der Bauer ihm sagte: »Ja, Herr Rittmeister, ein bißchen frühstücken müssen wir nun wohl; ungebörnt kommt hier keiner vom Hofe«, lachte er und nahm an.

Als Göde dem Rittmeister nachher die jungen Besamungen zeigte, sagte dieser: »Junge, du kannst lachen, einen Hof, wie du bekommst, zwölfhundert Morgen und schuldenfrei, das ist ein kleines Königreich. Und kein Deubel hat dir was zu sagen, Herr Freiherr von und zu.«

Diese Worte gingen dem Jungen mächtig im Kopfe herum, denn wenn er auch schon seinen Bauernstolz hatte, wie er später einmal dastand, das wurde ihm jetzt erst klar und er sah den Hof und sich nun mit ganz anderen Augen an.

Deshalb hielt er sich von den Lichteloher Jungens immer mehr zurück, denn das ging wie Kraut und Rüben durcheinander, Bauernsohn und Häuslingssohn und ewig gab es Widerworte und Prügeleien, weil einer sich immer besser dünkte als der andere.

Auch mit den Häuslingsjungen gab er sich nicht mehr ab, denn wenn er sie mit Wolf verglich und mit seinen Eltern, dann kamen sie ihm zu minne vor.

Auch als Göde schon aus der Schule war und als Kleinknecht auf dem Hehlenhofe arbeitete und Wolf auf der Militärschule war, blieben die Jungens gute Freunde, und Wolf, der immer so still und so sinnig war, hatte bei dem Bauern einen dicken Stein im Brette.

»Du kannst wohl für Wolf einen Bock ausmachen, er kommt morgen wieder«, sagte Hehlmann zu Göde, »aber einen anständigen«, setzte er hinzu, als er sah, daß der Junge dunkele Augen bekam. »Weißt du einen?«

»Gewiß«, sagte Göde und überlegte schnell. Der beste Bock ging am Totenort, aber den wollte er selber schießen. »Im Brammelkampe geht ein guter Sechser; er steht bei westlichem Winde schon bei hellichtem Tage draußen«, sagte er.

»Na, dann kannst du Wolf führen«, befahl der Bauer.

Drei Tage später gingen Wolf und Göde mit Tange, der hirschroten Teckelhündin, los.

Als sie bei den alten Heidenbrinken waren, die rund um den Brammelkamp lagen, und sich bei einem breiten Machangelbusche angesetzt hatten, dauerte es nicht lange, und das Schmalreh trat aus der Fuhrendickung und gleich darauf der Bock.

Der gelbe Neid stieg Göde in den Hals, als er sah, wie Wolf den Hahn überzog und das Zündhütchen aufsetzte, und es kam ihm in den Sinn, den Bock fortzuwinken.

Aber da krachte es schon, der Bock machte kehrt und floh in die Dickung zurück.

Den Hohenhölter schüttelte nachträglich das Jagdfieber, zumal er meinte, daß er daneben gehauen hätte. Aber Göde tröstete ihn: »Er hat die Kugel Blatt; er hat gut gezeichnet. Wir wollen ihn erst krank werden lassen und dann soll Tange ihn arbeiten.«

So vesperten die Jungens denn über den Daumen und als eine Stunde um war, wurde Tange zur Fährte gelegt. Sie führte die Jungens durch die Dickung, über die hohe Heide bis an die Ohlendorper Grenze.

Am Grenzgraben machte Göde einen langen Hals und dann rief er: »Da liegt er!«

So war es; zehn Schritte über den Graben lag der Bock vor einer rauhen Fuhre.

»Halt den Hund«, rief Göde, »ich will ihn holen.«

Doch Wolf wehrte ab: »Mensch, doch nicht über den Grenzgraben!«

Der andere sah ihn verwundert an: »Die paar Schritt? Und es ist doch unser Bock! Und dann ist ja auch kein Mensch hier, der uns sieht, und überhaupt, die Ohlendörper, die nehmen es schon gar nicht so genau mit der Grenze.«

Aber Wolf wollte mit Gewalt nicht, sondern ging nach Ohlendorp und kam mit dem Vollmeier Hohls zurück, der sich erst einen Augenblick besann, dann aber Wolf das Gehörn gab.

Als Göde dem Vater die Sache erzählte und meinte, Wolf sei ein bißchen dumm gewesen, sah ihn Hehlmann ernst an und sagte: »Er hat getan, was recht und billig ist. Grenze ist Grenze. Wie sollte es wohl auf der Welt werden, wenn einer des anderen Eigentum nicht achtet!«

Und dabei dachte er an seinen Vater, den es das Leben gekostet hatte, weil er das Grenzrecht nicht gewahrt hatte.

Es lag ihm auf der Zunge, Göde die Geschichte zu erzählen, aber er konnte es nicht, da es sich um seinen eigenen Vater handelte.

Am Toten Ort

Der Tote Ort war ein alter Eichenbusch mit vielen frischen Quellen, der an der Grenze der Hehlenheide über der Hover Mühle lag, die dem Müller Beckmann zugehörte. Vom Hehlenhofe war es eine halbe Pfeife Tabak bis dahin.

Der Ort war verschrien, denn es ging die Sage von ihm, daß zu Kriegszeiten die Bauern von Ohlendorp, Lichtelohe und Krusenhagen dort ein Kesseltreiben auf Marodebrüder abgehalten und ihrer dreißig erschlagen hätten.

Die Heide bis zu dem Busche gehört noch dem Hehlenhofe, der Busch selber aber war des Müllers Eigentum, der seine kleine Eigenjagd verpachtet hatte.

Schon im dritten Jahre war Göde hinter dem großen Bocke her, der im toten Ort seinen Hauptstand hatte und manchen tauben Gang hatte er ihm zuliebe gemacht.

An einem schönen Maitage in der Unterstunde schlumpte es. Göde saß noch keine Viertelstunde, da trat der Bock aus und stellte sich breit und blank vor ihn hin.

Der Junge nahm dem Bocke das Maß und sah, wie er im Feuer stürzte; als er ihn aber gnicken wollte, nahm der Bock sich auf und sprang in den Busch.

Göde trat an die Grenze und hörte, daß der Bock nicht weit von ihm noch ein paar Male schlug.

Der Junge sah sich um; es war kein Mensch zu sehen und zu hören. Bei der Mühle krähte ein Hahn, im Hehlloh rief der Schwarzspecht, ein Buchfink schlug und laut spielten die Quellen.

Er steckte seine Büchse unter einen Machangel, sah sich noch einmal um und trat in den Busch. Das Herz klopfte ihm im Halse und er verjagte sich, als der Markwart ihn anmeldete.

Aber dann schlich er vorwärts auf dem Schmoorboden, der laut quatschte, wenn Göde den Fuß aus dem Schlamme herauszog.

Auf einmal wurden seine Augen groß; da lag der Bock vor einem breiten Hülsenbusch. Ordentlich schön sah er aus, wie er so dalag, feuerrot in der Sonne vor dem dunklen Busche.

Er zog ihn bis an den Rand des Busches, ging dann zurück und deckte jeden Tropfen Schweiß mit altem Laube zu, und dann nahm er den Bock auf und ging damit über die Grenze bis hinter einen breiten Machangelbusch.

Als er zurückging, um seine Büchse zu holen, stand ein Mädchen da und lachte ihn an.

Göde kannte sie von Ansehen, es war Miken, die angenommene Tochter des Müllers, ein über ihr Alter großes, schönes Mädchen, die wildeste von allen, die in die Lichteloher Schule gegangen waren und von der es damals schon hieß, daß sie in manchen Sachen besser Bescheid wisse, als andere Mädchen, die schon längst aus der Schule waren.

Sie lachte, daß ihre Zähne blitzten und fragte: »Na, hast'n endlich dot? Ich habe dich schon manchen Tag hier gesehen.«

Göde murmelte etwas vor sich hin und überlegte, was er machen sollte. Hatte Miken gesehen, daß er den Bock aus dem Busche geholt hatte? Aber was wird das Mädchen wissen, wo die Grenze geht, dachte er und brach den Bock auf.

Miken kniete bei ihm nieder und sah neubegierig zu. Göde sah sie von der Seite an und ihm wurde ganz absonderlich zu Mute. So dicht war eigentlich noch nie ein Mädchen bei ihm gewesen.

Wie rot ihr Haar war, grade so wie der Bock, und kraus war es und leuchtete, wie eitel Gold. Und ihre Haut war schier und so weiß, ganz anders, wie bei den anderen Mädchen. Und was sie für einen roten Mund hatte.

Als der Bock aufgebrochen war und Göde ihn an eine Fuhre gehängt hatte, wusch er sich die Hände und Miken trocknete sie ihm mit ihrer Schürze ab. Ihm wurde der Hals eng, als sie so dicht bei ihm stand und seine Hände rieb und ein Schudder lief ihm über die Brust.

»Hast noch Zeit?« fragte sie und sah ihn mit kleinen Augen an. »Wollen uns noch was erzählen. Hier kommt meistens kein Mensch her.«

Sie zog ihn hinter den Machangelbusch. »Mich wundert bloß«, sagte sie und sah ihn verliebt an, »daß du erst zwei Jahre aus der Schule bist, so groß wie du bist. Du siehst aus, als wenn du meist schon achtzehn wärst.«

»Du auch«, lachte Göde und sah an ihrer Brust herunter und an den weißen Armen, die kaum ein bißchen verbrannt waren; »du könntest dreist für achtzehn gelten.«

Das Mädchen lachte eitel. »Was du für schönes Haar hast«, sagte sie dann und ging ihm mit den Fingern über den Kopf, »so gelb wie Haberstroh. »

»O, Junge, du hast ja zwei Wirbel«, fuhr sie fort und rückte immer näher an ihn heran, daß ihr Atem über sein Gesicht ging und ihm das Blut in die Backen sprang.

»Brauchst keine Bange zu haben, daß ich was sage«, flüsterte sie; »dem Müller ist es gleich, wer den Bock kriegt und der Hauptmann soll ihn nicht haben. Ich hab'n ihm schon zweimal weggejagt. Der tut so, als wenn ich gar nicht auf der Welt bin. Mußt aber auch mal wiederkommen. Hier ist es so langweilig. Lauter alte Leute!«

Sie seufzte und schummelte sich immer dichter an ihn heran und sah ihm in die Augen. »Was für Augen sie hat«, dachte der Junge, »solche habe ich meinen Tag noch nicht gesehen. Grün und braun durcheinander.«

Und dann ging er mit seiner Hand über ihren Arm, und wie Feuer lief es ihm über die Brust.

Das Mädchen warf ihm die Arme um den Hals: »Komm, Junge, sei nicht dumm, du bist so'n hübschen Jungen. O was du für'n hübschen Jungen bist, mein Göde, so'n hübschen Jungen.«

Mit trockenen Lippen und wildem Atem sprang Göde nach einer Weile auf, es sauste und brauste ihm in den Ohren und seine Brust flog.

Das Mädchen hing an seinem Halse: »Wann kommst du wieder? Komm morgen. Ich mache dir noch einen Bock aus; ich weiß noch einen gehen. Und wenn du kommst, dann brauchst du nur zu flötjen wie der Wigelwagel, das kannst du doch? Paß' auf!«

Sie machte den Mund spitz, pfiff wie der Pfingstvogel und gab auch das Kreischen wieder. »So mußt du es machen, Göde, dreimal schnell hintereinander und dann das olle Schreien hinterher. Dann weiß ich, daß du da bist. Du kommst doch wieder, nicht? Alle Jungens sind hinter mir her«, setzte sie hinzu, »aber du bist doch der Beste. Ich hab' schon immer nach dir ausgesehen.«

Als Göde über die Heide ging, den Bock über den Nacken geschlagen, wußte er nicht, ob er sich freuen oder schämen sollte.

Diese Miken! Also so ist das mit den Mädchen und darum stellen sich die Jungens ihretwegen so an. Mancherlei ging ihm durch den Sinn, was ihm früher dunkel geblieben war.

Auf einmal mußte er lachen: was wohl die anderen Jungens sagen würden, wenn die das wüßten! Aber dann war es ihm wieder, als wenn er sich schämen müßte. Wie Wolf das wohl aufnehmen würde?

Er erinnerte sich, was für ein Gesicht der gemacht hatte, als ihnen in der Heide die beiden Celler Mascherweiber[1] begegnet waren und gesagt hatten: »Deubel, was seid ihr für'n paar glatte Jungens! Fiken, was meinst'e, das wären so'n paar Äppel für'n Durst!«

Da hatte Wolf die Nase hochgehalten und leise gesagt: »Pfui Deubel!«

Als er nach Hause kam, fand er im Flett ein Mädchen vor, das beim Feuer kniete, so daß ihr Gesicht ganz rot von den Flammen war. Als er eintrat, sah sie auf.

»Gib deiner Kusine die Hand, Göde«, rief die Mutter; »das ist Meta Dettmer. Vertragen werdet ihr euch wohl.«

Meta stand auf, wischte sich die Hand an der Schürze ab und streckte sie Göde hin. Der wunderte sich, wie kühl ihre Hand war; Mikens Hände waren heiß gewesen.

---

[1] Bewohner der Vorstadt an der Allermarsch bei Celle, wo früher allerlei Volk wohnte, das Zigeunerblut im Leibe hatte

Sie fegte die Asche zusammen und Göde mußte sie ansehen, denn sie war so flink und doch so ruhig dabei. Als sie nachher zusammen sprachen, sah sie nach seinem Arm und nahm ihm ein langes, rotes Haar, das an seinem Ärmel hing, fort.

Und da steckte sich Göde rot an und ging schnell fort.

Der Blumengarten

Alle paar Tage pfiff der Wigelwagel am toten Orte, sogar noch im Herbst.

»Weißt du, Göde«, sagte Miken eines Abends, »du mußt anders flötjen. Der Müller sagte gestern: Weiß der Deuker, daß der Wigelwagel noch nicht fort ist.«

Sie lachte und küßte ihn auf ihre verrückte Art. »Was für Stimmen kannst du noch? Das beste ist, am Tage machst du die Krähe, so ganz hell, mußt du wissen, wenn sie hinter dem Habicht her ist, und abends die Eule.« Sie machte den Mund auf und flötete: »Huhuu, huhuu, huhuu.«

Sie sah ihn mit ihren bunten Augen an, daß es ihm heiß über den Hals lief. »Ich glaube, du flötjest abends gar nicht. Um Uhre neun schläft auf der Mühle alles. Dann brauchst du bloß mein Kammerfenster aufzustoßen. Die anderen merken nichts, die schlafen alle nach vorne. Komm gleich heute abend!«

Göde kam. Er tat es nicht gern, aber er dachte daran, daß Miken um den Bock wußte. Heimlich stahl er sich aus dem Hause und heimlich stahl er sich wieder hinein.

»Junge, was hujahnst du in einem Ende?« fragte der Bauer, als sie bei der Morgenzeit saßen.

»Das kommt, weil daß er wächst«, sagte die Mutter und sah ihm nach, als er aufstand und dachte bei sich: »Bald ist er so lang, wie der Vater. Und ein ganz anderes Gesicht hatte er gekriegt. Ja, ja, aus Kindern werden Leute!«

Eines Morgens, als Göde einmal wieder übernächtigt auf dem Hofe stand und mit Meta sprach, sah er, daß sie nach seiner Schulter sah, ganz blaß wurde und wegging; auf seiner Achsel hing ein rotes Haar von Miken.

Meta ging ihm hinterher augenscheinlich aus dem Wege, und als sie ihm beim Frühstück gegenüber saß, sah er, daß sie rote Augen hatte. Er dachte aber nicht weiter darüber nach, denn sein Sinn war bei der anderen.

Bevor er am nächsten Morgen aber aus seiner Dönze ging, sah er erst seine Jacke nach, ob er nicht etwas mitgenommen habe vom Toten Ort, denn er hatte so das Gefühl, daß er sich vor Meta schämen müsse, wenn sie wüßte, mit wem er sich abgab.

Vor Meta nahm er sich überhaupt zusammen, mehr als vor Vater und Mutter. Das Mädchen hatte Augen wie eine Heilige, und wenn sie in der Sonne über den Hof ging, so leicht und so schnell, dann mußte er immer hinter ihr hersehen.

Meist war sie ernst und still, denn sie konnte es so leicht nicht vergessen, daß sie in drei Tagen Vater und Mutter hatte wegsterben sehen; wenn sie aber einmal lachte, dann war es, als wenn die Sonne in einen dunkelen Wald kam.

An einem Sonntagnachmittag, als Göde vom Lichteloher Kruge, wo er gekegelt hatte, nach Hause ging, um die Pferde zu füttern, hatte er eine große Unruhe in sich und dachte immer daran, daß es noch mehrere Stunden hin wären, ehe er bei Miken sein könnte. Aber dann trat ihm wieder Meta vor die Augen; er ging schneller und hatte dabei das Gefühl, als könne er die andere nicht mehr so gut leiden.

Wenn er sie sich genau besah, so war ihr Haar meist unordentlich und Löcher hatte sie wohl immer in den Strümpfen. Meta war nun schon einige Jahre auf dem Hehlenhofe und noch kein mal hatte er gesehen, daß ihr Haar wild oder sonst etwas an ihr nicht in der Reihe war. Sie sah immer aus, wie aus der Beilade genommen, und wenn sie auch beim Schweinefüttern war.

Es kam ihm lächerlich vor, wenn er sich denken sollte, daß Meta bei ihm im Busche längelangs auf dem Leibe liegen und an einem Reethalme kauen könnte, und es war ganz unmöglich, daß sie mit Küssen und Drücken den Anfang machen werde, wenn sie einmal eine Liebschaft hätte.

Eine Liebschaft! Er blieb stehen und sah über die Heide, die ganz grün von dem jungen Birkenlaub war.

Als er einmal in seiner Dönze war, hatte er gehört, was der Vater mit der Mutter redete: »Das Mädchen ist mir rein an das Herz gewachsen«, hatte der Vater gesagt; »ich wollte, sie bliebe auf dem Hofe.«

Die Mutter nickte: »Das ist ganz meine Meinung; eine bessere Bäuerin kriegt der Hehlenhof nicht. Ich habe man Angst, daß der Junge anderswo was hat; ich wüßte bloß nicht wo. Mit den Mädchen auf dem Hofe hat er nichts.«

Der Bauer hatte erst nichts gesagt, dann meinte er: »In den Jahren ist er. Aber wo sollte er etwas haben? Es kann ja auch sein, daß er im Dorfe einen Danzeschatz hat; aufgestoßen ist mir das aber noch nicht weiter. Aber wenn aus ihm und der Meta was wird, ich könnte keine größere Freude haben. Nach dem Alter passen sie gut zusammen und sonst stimmt auch alles.«

Göde ging weiter. Nein, er wollte heute nacht nicht nach der Mühle. Die Geschichte mußte ein Ende haben.

Er konnte heilsfroh sein, daß es bislang so gut abgelaufen war, denn wenn er sich denken sollte, daß er das rote Miken einmal freien müßte, nein, das war keine Möglichkeit. Die als Bäuerin da, wo seine Mutter war, das ging nicht.

Da hörte ein Mädchen von einem großen Hofe hin, nicht so eine wie Miken, die das Magdsdenken nicht verlernen konnte, und die nur dann arbeitete, wenn sie mit Schimpfen dazu gekriegt wurde.

Ihm war zu Mute, als habe er sich weggeschmissen, vorzüglich, wenn er daran dachte, wie vertraut die anderen Jungens mit ihr auf dem Tanzboden taten, sogar die Dragoner, die im Dorfe im Quartier lagen.

Er klopfte seine Pfeife aus; sie wollte ihm mit einmal nicht mehr schmecken. »Morgen darfst du nicht kommen«, hatte sie ihm neulich gesagt, »morgen haben wir lange zu tun.«

Das war in der letzten Zeit öfter vorgekommen. Da steckte etwas hinter. Und wenn er es so recht besah, bald wollte sie dies und bald das, heute Haubenspitze und morgen ein Fürtuch, und neulich hatte sie davon gesprochen, was Lischen Tünnermann für eine glatte Brustnadel habe.

Es war ihm ja nicht um das Geld, aber es kam ihm doch wunderlich vor. Und jetzt fiel es ihm ein, das Brusttuch, das sie das letzte Mal in der Kirche umgehabt hatte, das hatte Krischan Holtmann für zwei Taler beim Krämer erstanden, just als Göde Balkennägel geholt hatte. Er mußte rein blind gewesen sein die ganze Zeit. Nun wollte er aber auch von dem Allermannslottchen nichts mehr wissen.

Er ging noch schneller; er wußte, daß außer Meta niemand auf dem Hofe war, denn Vater und Mutter waren zur Freundschaft gefahren und die Leute waren im Dorfe.

Es war kirchenstill auf dem Hofe, als er über das Stegel stieg. Die Maisonne fiel durch das frische Eichenlaub, die Bienen waren im Gange, der Wigelwagel flötete und das Schwarzplättchen sang.

Göde schüttelte den Pferden Futter auf und gab ihnen zu trinken. Grade zog er die Stalljacke aus, da war es ihm, als wenn er einen Gesang hörte. Er trat aus dem Stall und hörte, daß es Meta war.

Er hatte sie nur wenig vor sich hinsingen hören und immer ganz leise und bloß, wenn sie allein war. Heute aber war ihre Stimme klar.

Sie kam aus dem Blumengarten hinter dem Hause und das Lied, das sie sang, war ein Lied, das die kleinen Mädchen beim Spielen singen. Hell kam es über den Hof und Göde fühlte, wie sein Herz unruhig wurde.

Er ging nach dem Blumengarten und sah Meta bei den weißen Lilien stehen, die seiner Mutter die liebsten Blumen waren. Sie stand da und las die roten Käfer ab und ihr Haar leuchtete in der Sonne.

Göde wurde benaud zu Mute, als er sie so stehen sah, so frisch und sauber und so ruhig und bedachtsam.

Der Gartenweg war ganz mit grünem Moose bewachsen, und so vernahm sie es nicht, als er hinter sie kam, und erst als er den Arm um sie legte und sagte: »Na, Meta, ganz allein?« fuhr sie zusammen und wurde ganz rot im Nacken. Aber als sie sich umdrehte, war sie schon wieder wie sonst, nur daß ihre Augen noch blauer waren als gewöhnlich.

Sie lächelte ihn an und fragte: »Willst du nicht wieder in den Krug?«

Er drückte sie noch fester an sich: »Nein, Meta, ich will hier bleiben«, und dabei atmete er schwer.

»Komm«, sagte er dann, als er sah, wie ihr Brusttuch auf und ab ging, und sie bald rot, bald weiß im Gesichte wurde, und zog sie auf die grüne Bank.

Eine Weile saßen sie schweigend da, bis Meta sagte: »Das Moos muß auch mal weg. Es sieht so nüdlich aus, aber es hält das Wasser zu lange.«

Er hatte seine Hand auf ihrem Knie liegen und sie lachte: »Was du für eine Hand hast, Göde, als wie ein Heidbrink.«

Er lachte auch und sagte: »Ja, deine sieht dagegen aus, wie das Kalb neben der Kuh. Aber arbeiten kann sie deswegen doch.«

Meta sprang auf. »Ich dachte, es wäre einer auf der Diele gegangen.«

Als sie sich wieder neben ihn setzen wollte, faßte er sie um, zog sie auf den Schoß, schlug seine Arme um sie und küßte sie ein über das andere mal, bis ihr der Kopf hintenüberfiel und sie stöhnte: »Göde, Göde, nicht so wild; mir geht ja ganz der Atem weg. Und wie ich wohl am Kopfe aussehe!«

Er aber lachte: »Fein siehst du aus, Meta; du siehst immer fein aus. Keine sieht so glatt aus als wie du«, und dann fing er wieder an, sie zu drücken und zu küssen, bis ihr mit einem Male die Augen überliefen und sie ihn umfaßte und ihm einen schnellen Kuß gab, der sein Blut ganz wild machte. Und dann sprang sie auf und ging in das Haus.

Göde ging ihr nach und fand sie vor der Eimerbank stehen und aus der Schöpfkelle trinken. »Bist du auch so durstig?« fragte er lachend; »ich auch!«

Sie hielt ihm die Kelle hin und er trank. Aber dann faßte er sie wieder um, küßte sie und flüsterte: »Ach Meta, meine Meta. Du glaubst gar nicht, wie gern ich dich habe. Hast du mich auch so gern?«

Sie sah ihn mit hellen Augen an. Dann fiel sie ihm um den Hals und ließ sich von ihm küssen und lag an seiner Brust ohne eigenen Willen, und er fühlte, wie ihr Herz klopfte.

Sie fuhren auseinander; draußen gingen Schritte. Der Bauer und die Bäuerin kamen zurück.

»Sieh, habt ihr beide das Haus gehütet«, fragte die Mutter über die Halbtüre; »das ist ja mal nett. Ich dachte schon, du wärest wieder im Kruge, Göde.«

Hehlmann sagte nichts, aber als seine Frau ihn schnell von der Seite ansah, wußte sie, daß er ebensoviel gesehen hatte, wie sie, und froh darüber war.

»Ich habe gerade die Pferde gefüttert«, sagte ihr Sohn; »der Fuchs will immer noch nicht so recht fressen. Wo ist denn der Wagen?«

»Der fährt den Pastor nach Ohlendörpe«, antwortete der Bauer. »Er ist zu Meyers gerufen, die Altmutter ist schwer krank geworden; wir trafen ihn gerade, als er auf dem Steinbrink war. Dem alten Mann wird der Weg hin und her zu weit.«

Beim Abendbrot sah Meta nicht einmal auf, und als Göde sie anredete, wurde sie über und über rot.

»Du, Mutter«, sagte der Bauer, als er im Bette lag und dabei stieß er seine Frau an, »ich glaube, ich glaube, wir sind ein büßchen zu früh gekommen.«

Die Bäuerin schmusterte: »Na wenn sie sich erst beim Kopfe haben, das andere findet sich. Der Anfang ist das schwerste. Du warst zuerst auch so ein Stoffel.«

Hehlmann lachte: »Ja, Detta, so dumm als wie ich, wird der Junge sich wohl nicht anstellen.«

Er schob sich näher an sie heran: »Weißt du noch damals?«

Die Bäuerin lachte unter der Bettdecke: »Schweig bloß still; ich schäme mich heute noch halb tot, wenn ich daran denke. Jochen, was willst du«, wehrte sie halb ab, als ihr Mann den Arm unter ihren Hals schob, »wir sind doch reichlich alt genug für solche Dummheiten. Wenn das die Kinder wüßten!«

Der Bauer sagte: »Mai ist Mai. Und wer weiß, was die jetzt tun.«

Aber Meta lag mit großen Augen in ihrem Bette; sie hatte die Hände gefaltet und dachte weiter nichts, als: »Gott, o Gott, wie gern ich ihn habe!«

Nebenan in der Dönze warf sich Göde in seinem Bette hin und her und wußte nicht, wo er den Schlaf hernehmen sollte.

Er überlegte, ob er bei Meta anklopfen solle, aber er scheute sich davor, und so lag er mit offenen Augen da, drehte sich von einer Seite auf die andere und hörte immer das Lied, das sie im Blumengarten gesungen hatte:

> Ick set woll up den Breedensteen
> Un harr min Ogen so recht beweent.
> De annern Dirns kregen all 'n Mann
> Un ick müß sitten und seg dat an.
> Ick müß min Hoor up den Puckel flahn
> Un noch en Jahr as Jumfer gahn.

Die Eule

Zwei Heimlichkeiten waren von diesem Maitage an auf dem Hofe.

»Hier ist eine geheime Braut im Hause«, sagte die Großmagd eines Abends zu der Bäuerin; »es brennen drei Lampen.«

Dann wies sie auf ein großes Spinnennetz an der Dönzenwand: »Das große Brautlaken ist da auch schon.«

Die Bäuerin lachte: »Das wirst du wohl wesen, Durtjen. Oder will Hermen nicht so, wie er soll?« Die Magd lachte: »Ach, der Fullax!«

Meta hörte durch die offene Dönzentür das Gespräch und als sie in den Spiegel sah, sah sie, daß ihr das Blut im Gesicht stand.

»Mädchen, du wirst von Tag zu Tag hübscher«, hatte vor ein paar Tagen der Rittmeister gesagt, als er sie in der Heide antraf.

»Wahr ist es«, dachte das Mädchen und sah noch einmal in den Spiegel. Ein Wunder war es ja auch nicht. Es war zu schön, wenn immer, wo sie auch war, Göde hinter ihr stand und sie in den Arm nahm.

Aber Göde gefiel ihr nicht; er sah meist etwas laurig aus und sah sie an, als wenn er etwas sagen wollte und könnte es nicht herausbringen.

Sie nahm sich vor, ihn einmal zu fragen, was ihm fehle.

Aber noch eine andere Heimlichkeit war im Hause. Als der Juli kam, ging der Bauer mit seiner Frau an einem Sonntage durch das Feld und trieb seinen Roggen an.

»Es ist eine wahre Pracht, wie dieses Jahr alles wächst. Das machen die Maigewitter. Mairegen bringt Wachstum.«

»Was hast du, Mutter?« fragte er dann, denn als er sich umdrehte, sah er, daß sie heimlich lachte und bis in das Haar rot wurde.«Worüber lachst du?« fragte er noch einmal.

Aber sie lächelte nur und sah fort: »Nichts«, sagte sie, »mir fiel bloß was ein.«

Als sie aber abends neben ihm lag, schob sie sich nahe an ihn heran und sagte leise: »Jochen, ich muß dir was sagen.«

Er faßte ihre Hand, denn sie sprach so schüchtern und verwundert fragte er: »Na, Dirn, was hast du denn? Ist dir nicht gut?«

Sie zog seinen Kopf an sich heran und flüsterte: »Mußt's aber auch keinem wiedersagen, Jochen, ich schäm' mich sonst tot. Weißt du noch den Maiabend, als wir die Kinder antrafen, wie sie sich umgefaßt hatten?«

Er richtete sich auf. »Ist da was fällig? Ein Unglück wäre das ja auch nicht.«

Sie schüttelte den Kopf und sprach noch leiser: »Ach nee, Jochen, da nicht, aber bei uns.«

Er lachte: »Kiek, sieh, junge Frau, also auf die Art! Ja, wer A gesagt hat, muß B sagen. Na, dann hilft das nicht. Und auf dem Hansburhofe ist ja wohl noch Platz für ein zweites Kind. Man schade, daß es sich so versäumt hat, es konnte getrost ein Jahrzehner eher kommen.«

»Sag' mal, du weinst doch nicht?« fragte er dann; »denke ja nicht, daß es mir nicht recht ist. Es ist mir nur noch so ungewohnt.«

Zärtlich wischte er ihr mit der Hand über die Augen und als sie immer mehr an zu weinen fing, nahm er sie in den Arm und tröstete sie, wie ein Vater sein Kind.

Am andern Morgen aber, als er über den Hof ging, flötete er das Brummelbeerlied. Die Großmagd sagte zum Großknecht:

»Was hat denn der Bauer? Den habe ich ja meinen Tag noch nicht flötjen hören!«

Der Großknecht aber brummte: »Soll er dich erst um Verlaubnis fragen?«

Als die Roggenernte vorbei war, stand Meta eines Sonntags früh bei der Bäuerin im Flett, als die Frau auf einmal weiß wie die Wand wurde, so daß das Mädchen schnell zusprang, sie umfaßte, ihr zum Stuhl hinhalf und ihr ein Glas Wasser gab.

Die Bäuerin erholte sich schnell und als Meta ihr den kalten Schweiß von der Stirn wischte, zog sie sie herunter und gab ihr einen Kuß auf die Backe. Meta wunderte sich, sagte aber nichts.

Nachmittags saß sie mit der Bäuerin im Blumengarten. Meta freute sich, daß die Tante wieder gut aussah. Nach einer Weile fing die Frau an:

»Sag' mal, Meta, was hast du dir eigentlich gedacht heute morgen, als mir das zustieß?«

Das Mädchen lachte: »Gar nichts, Tante, das kann ja wohl mal bei jedem kommen.«

Die Frau seufzte: »Einmal mußt du es ja doch wissen, darum will ich es dir lieber gleich sagen, aber behalte es für dich. Beim Grummet kann ich nicht mithelfen, weil ich nicht auf freien Füßen bin, und du weißt, große Hitze vertrage ich so schon schlecht.«

Meta faßte ihre Hand und drückte sie: »Ach Tante, das ist ja schön. Bloß ein Kind, das ist auch viel zu wenig für einen großen Hof. Freust du dich denn nicht? So spät, das ist doch ein doppeltes Gottesgeschenk!«

Frau Hehlmann lachte auf einmal laut auf, faßte Meta um die Schultern, drehte ihr den Kopf herum und fragte: »Weißt du, was der Bauer gesagt hat, als ich ihm sagte, daß hier im Hause was fällig ist?«

Sie sah dem Mädchen lustig in die Augen, zog ihren Kopf ganz dicht an sich heran und flüsterte ihr ins Ohr:

»Er meinte, ich hätte dich und Göde im Sinne gehabt.« Und dann lachte sie ganz unbändig.

»Tante«, schrie das Mädchen und sprang auf, über und über rot; Tränen standen ihr in den Augen.

Die Bäuerin ließ ihre Hand nicht los, sondern zog sie wieder neben sich, nahm sie in den Arm und sprach leise auf sie ein: »Na, daß du und Göde einig seid, das kann doch ein Blinder mit dem Stocke fühlen. Umsonst würd'st du nicht von Tag zu Tag hübscher. Früher warst du man so'n Hering, aber jetzt bist du ganz komplett. Na, uns ist es recht; eine bessere Tochter wünschen wir uns gar nicht. Ein büßchen jung seid ihr ja noch, aber das gibt sich eher, als einem lieb ist. Also, wie ist es mit euch?«

Das Mädchen legte ihren Kopf an die Schulter der Frau und sagte:

»Ach ja, Tante, wir sind uns von Herzen gut.«

Die Bäuerin streichelte ihr die Backen: »Das ist schön, meine Tochter.« Dann sah sie ihr listig in die Augen und sagte: »Na und? Dann müssen wir ja wohl eine neue Wiege machen lassen, denn eine haben wir man. Na, na, schämen brauchst du dich nicht. Was der Pastor auch redet, das ist sicher: zur Eingehung einer christlichen Ehe reicht der feste Wille aus. Das hat Luther gesagt. Göde war auch schon drei Monate nach der Hochzeit da.«

»Was hast du denn?« frage sie ängstlich, als das Mädchen weiß und rot durcheinander wurde und ihm der Atem hin und her ging; »nun mal heraus mit der Sprache? So schlimm wird es doch wohl nicht sein, daß du zu liegen kommst, ehe du den Brautschatz fertig hast?«

Meta seufzte tief auf. »Nein, Tante, es ist, es ist nicht an dem. Ich bin nicht anders, als ich aus der Schule kam.«

Die Bäuerin machte runde Augen: »Also auf diese Art! Darum sieht der Junge so laurig aus. Was ist denn das für ein Werk? Traut er sich nicht oder was ist sonst?«

Sie setzte an, als ob sie noch etwas sagen wollte, aber dann sagte sie nur: »Stell die Tassen hin und ruf die Mannsleute zum Kaffee, Meta!«

Nach dem Kaffee fragte sie: »Na, Göde, willst du nicht nach Plesse hin, da ist heute Erntebier?«

Göde machte eine krause Stirn: »Ach nee, was soll ich da?«

Seine Mutter lachte: »Hat einer schon so was gehört? Was er da soll? Tanzen sollst du und lustig sein, alter Sauerpott! Siehst überhaupt jetzt meist als so'n Trankrüsel aus. Steck dir die Taschen voll Taler und laß die Musiker spielen, bis ihnen die Arme runterfallen, und trinke eine Buddel Wein, daß du auf andere Gedanken kommst! Und nimm Meta mit, der tut es auch mal gut, wenn sie unter die Leute kommt. Ihr werdet mir sonst hier auf dem Hofe noch so krumm und schief wie die Machangeln auf der Heide. Meta, du gehst doch gern mit? Oder nicht?«

Das Mädchen stand vor dem Fenster und bückte sich, als wenn sie etwas verloren hätte, damit keiner sehen sollte, wie sie im Gesicht aussah.

»Wenn du meinst, Tante«, sagte sie dann.

»Dirn, das hört sich ja an, als wollte ich dir zumuten, du solltest heute am heiligen Sonntag den Schweinestall ausmisten«, rief die Bäuerin lachend. »Nu, macht man hille, zieht euch an und denn zu! Als ich noch Mädchen war, brauchte mich keiner zum Tanzen zu zwingen. Ich glaube, heute noch nicht!«

Und dann lachte sie verlegen, denn Meta hatte ihr ein paar Augen gemacht, als wenn sie sagen wollte: »Wenn du nicht gleich aufhörst, dann sage ich, was ich weiß!«

Als die beiden jungen Leute auf dem Plessenhofe ankamen, war der Tanz schon im Gange und vor all dem Schurren und Juchen und Mitsingen konnte man kaum die Musik hören.

Es gab ein großes Hallo, als Göde mit Meta ankam, denn Göde machte sich seit dem Mai rar und Meta war ein seltener Vogel auf Tanzefesten, trotzdem sie besser tanzen konnte als die meisten Mädchen.

Aber heute konnte sie gar nicht zugange kommen, weil ihr unfrei zu Sinne war, und Göde ging es auch so, und so setzten sie sich in die Dönze und tranken ein paar Glas Wein.

Danach wurde ihnen leichter zu Mute. Göde warf den Musikanten einen Taler hin und bestellte einen Bunten, und hinterher einen Kontrazweitritt, und als sie erst einmal im Gange waren, kamen sie aus dem Tanzen nicht mehr heraus und sogar Meta sang die Tanzlieder mit und trank mit Göde aus einem Glase den Muskateller.

Es war schon Nacht, als sie nach Hause gingen. Der halbe Mond stand am hellen Himmel, an dem alle Sterne versammelt waren. Die Luft war weich und warm und kein Lüftchen rührte sich.

Eng aneinandergedrückt gingen die beiden Liebesleute über die Heide, einer den Arm um die Lenden des anderen und die Hände ineinander.

Lange sprachen sie nichts, bis Meta sagte: »Wie schön war es heute und wie schön ist es noch!«

Göde drückte sie noch fester an sich und sagte: »Und wird noch schöner werden, Meta«, und voller Freuden fühlte er, wie sie ihren Kopf noch mehr gegen seine Schulter lehnte.

Schweigend gingen sie weiter; Göde streichelte ihre Hand und flüsterte ab und an: »Meta, meine liebe Meta!« Weiter konnte er nichts sagen.

Ein Rehbock, der Wind von ihnen bekommen hatte, schreckte laut. Das Mädchen fuhr zusammen.

»Ein Segen, daß du bei mir bist, Göde, was hätte ich mich sonst verjagt. Letzte Nacht, als die Eule so losprahlte, bekam ich es mit der kalten Angst.«

Göde streichelte ihr die Backen: »Bei der diesigen Luft wird die Eule heute nacht wohl wieder den Hals aufreißen. Da ist es wohl besser, ich komme in deine Kammer mit, damit du dich nicht wieder so verjagst. Soll ich, Meta?«

Das Mädchen legte den Kopf gegen seine Brust und nickte.

Da faßte er sie um und küßte sie, daß sie stöhnte und sagte nur: »Meta!«

Und von da ab trug er sie mehr als daß sie ging, denn ihr war, als wenn sie keine Kraft in den Beinen hätte.

Als er am andern Tage zur Morgenzeit kam, sah seine Mutter mit einem Blick, daß er anders war als am Tage vorher. Als sie dann nachher Meta allein in der Dönze traf, nahm sie sie in den Arm, gab ihr einen Kuß und sagte: »Hör' mal, wie der Junge heute flötjet! Das hat er seit Wochen nicht getan.

Göde aber ging über den Hof, hatte blanke Augen und ein schieres Gesicht, wie lange nicht, und flötete wie ein Scherenschleifer den Walzer, den er gestern mit Meta getanzt hatte.

Die Großmagd sagte zu dem Großknecht: »Hermen, hör blöß, was er flötjet!«

Dann sang sie leise die Tanzweise vor sich hin, denn sie war gestern mit dem Großknecht auch bei Plesses gewesen und wußte nun, wer die heimliche Braut im Hause war.

Der Großknecht aber brummte nur so vor sich hin, denn das Lied, das die Magd sang, lautete:

> Eija, poleija, wo weihet de Wind!
> Achter usen Hus' dor stünn so'n grot Ding,
> Harr sunn' langen Snawel un harr sunn' lange Been,
> Heff in min Leewen sunn' Dings noch nich sehn.

Der Notweg

Meta blühte immer mehr auf und wo sie ging und stand, da sang sie; die Bäuerin aber fiel immer mehr ab und man hörte sie an einem Tage mehr seufzen, als sonst in einem ganzen Monat.

Sie trug eine große Angst mit sich herum und wollte es keinen Menschen merken lassen, vorzüglich ihren Mann nicht, der sich schon Sorge genug um sie machte.

Sie konnte kaum gehen, so waren ihre Füße geschwollen, und jede Nacht hatte sie Atemnot und Herzspann.

Es war eine stürmische Nacht im Christmond, als der Bauer in die Dönze seines Sohnes kam und rief. »Gotthard, steh schnell auf, du mußt nach Lichtelohe, den Doktor holen; unsere Mutter ist mir eben weggeblieben.«

In diesem Augenblicke ging auch nebenan die Tür und Meta rief: »Ich komme auch schon.« Der Bauer nickte ihr zu: »Ja, tu' das, Mädchen.«

Als sie in die Ehedönze kamen, war die Bäuerin schon wieder bei sich. Meta machte ihr einen Umschlag und sagte: »Ohm, geht ihr man in meinem Bette schlafen; ich will hier bleiben. Ich weiß besser damit Bescheid.«

Eine halbe Stunde schlief die Bäuerin ruhig, dann schoß sie in die Höhe und flüsterte:«O, Gott, was hab' ich für'n Herzspann! »

Meta machte ihr einen frischen Umschlag und rieb ihr die Füße, aber es dauerte lange, ehe der Anfall fortging.

Nach einer Weile sagte die Bäuerin: »Steck das Licht wieder an, mir ist im Düstern angst!« Das Mädchen erschrak, denn der Krüsel brannte ganz hell.

Dann flüsterte die Kranke: »Meta, Kind, ich muß nun doch fort von euch. Sei still, ich weiß es besser! Göde und du, wenn ich das noch belebt hätte! Aber wenn ich nur weiß, daß ihr euch kriegt. Meta, du wirst ihm eine gute Frau sein. Er ist einer von der wilden Art. Alle Hehlmanns mit elf Fingern und zwei Wirbeln waren so.

Sie waren alle gut, bloß so wild. Ich glaube, du und er, das ist das Richtige.«

Sie sah mit Augen, die von der Erde fort waren, das Mädchen an. »Als er drei Tage alt war, da träumte mir, es standen zwei Frauen bei der Wiege; die eine gab ihm Böses in den Sinn, aber die andere wünschte es weg. Sei geduldig mit ihm, auch wenn er über die Stränge schlägt. Niemals schimpfen, das hat bei ihm keine Art; mit Güte kann man ihn hinhaben, wo man will.«

Sie machte die Augen zu und lag eine ganze Zeit still da, bis ein neuer Anfall kam. Als der vorbei war, fing sie wieder an zu flüstern: »Ich glaube, er ist von der Art, die mehr als eine Frau brauchen. Eine Frau muß nicht immer alles sehen. Sein Großvater war auch so, und seine Frau hat immer gut mit ihm ausgekannt.«

Die Tür ging. Meta ging dem Doktor entgegen. Der setzte sich vor das Bett, klopfte der Kranken die Backen und sagte:

»Na, Frau Hehlmann, was machen wir denn für Dummheiten! Sie sind zu sehr aus der Gewohnheit gekommen. Das erste ist schon ein Mann und nun kommt erst das zweite! Warten Sie, ich gebe Ihnen was gegen die Angst.«

Er ging auf die Deele, schüttete ein Pulver in eine Tasse und rief Meta: »So, Kind, das gib ihr«, sagte er laut und leise flüsterte er bei: »Sagt meinem Kutscher, er soll sofort nach dem Dorfe fahren und den Pastor und die Hebamme holen, aber schnell.«

Das Mädchen riß die Augen weit auf. »Ist es so schlimm?«

Der Doktor wiegte den Kopf hin und her: »Wissen kann man es nie. Da ist etwas gänzlich aus der Kehr.«

Eine knappe Stunde war weggegangen, da kam der Wagen zurück. In demselben Augenblicke, als der Pastor auf die Deele trat, wurde es so hell wie der Tag und ein Donnerschlag kam hinterher.

Die Kranke schrie auf. Der Doktor ging in die Dönze. »Vielleicht ist Ihnen nun besser, Frau Hehlmann?« fragte er und bückte sich zu ihr nieder.

»Viel, viel besser«, flüsterte sie.

Der Doktor trat an die Tür und rief leise: »Hehlmann, Göde, kommt her. Ruhig, ruhig, ihr dürft sie nicht erschrecken.«

Die Kranke lag ganz still da, kaum daß ihr Atem ging. Plötzlich schlug sie die Augen auf und sah klar nach der Türe. »Meta«, rief sie laut. Das Mädchen kam. »Gebt euch die Hände!«

Sie lächelte. »Göde, das ist deine Frau. Halte sie in Ehren. Sie hat ein Herz von Gold!«

Sie drehte sich nach der Wand und atmete so ruhig, als wenn sie schliefe.

Der Doktor horchte lange. Nach einer Weile gab er Hehlmann die Hand: »Es ist vorbei«, sagte er.

In demselben Augenblicke heulte draußen der alte Tyras auf und kratzte an der Türe.

Hehlmann ging hinaus. Er fiel so schwer in den Spinnstuhl, daß der Doktor erschrocken hinging. Er redete auf ihn ein, aber der Bauer sah ihn ohne Verstand an.

Der Pastor setzte sich neben ihn, nahm seine Hände und sprach ihm Trost ein. Hehlmann gab einen tiefen Seufzer von sich und flüsterte hohl, als wäre er ein Geist: »Es ist vorbei, es ist alles vorbei.«

Dann fiel er wieder zusammen und sah in das Herdfeuer, ohne zu sehen und zu hören, was vorging.

Am anderen Tage war er ganz vernünftig, bloß daß er aussah, als wäre er aus dem Grabe genommen, und wenn er sprach, bellte Tyras, weil es ihm eine fremde Stimme schien.

Als Meta dem Ohm sagte, daß das Kind, das die Frau erwartete, längst tot gewesen sei, hörte er kaum hin, aber er schloß das Notlaken, das seine Frau sich als Braut genäht hatte, aus dem Schranke, schnitt selbst den Namen aus dem Totenhemd, schickte den Kleinknecht nach dem Tischler, daß er aus dem schon lange zurückgelegten Notholze den Sarg mache, und nach der Totenfrau, und er aß auch die Mahlzeiten mit wie vordem.

Aber eins war allen sonderbar: als die Bäuerin aufgebahrt war, sagte Meta: »Wie schön sie aussieht; es ist ordentlich, als wenn sie lacht.« Da sagte die Totenfrau: »Das ist schlimm; sie wird einen nachholen.«

In diesem Augenblick trat der Bauer aus dem Schatten, gab der Toten die Hand und sagte: »Ja, Mutter, das wirst du. Übers Jahr bin ich bei dir.«

Dabei sah er ganz zufrieden aus.

Als die Beerdigung vorbei war, ging das Leben auf dem Hehlenhofe wieder seinen alten Gang, bloß daß das, was die Bäuerin getan hatte, Meta übernahm.

Zwischen ihr und Göde war es anders geworden. Einmal hatte der Tod einen Schatten auf sie gelegt und dann war es Göde, als sei ihnen, seitdem jeder auf dem Hofe wußte, wie es um sie stand, etwas genommen, und wenn der Vater fragte, wann sie heiraten wollten, dann wehrte er ab und Meta auch.

Das Mädchen hatte Sorgen. Ihr Bruder war aus der Vormundschaft heraus und fand sich ohne Frau auf seinem großen Hofe nicht zurecht.

Er kam so oft, bis Meta nicht anders konnte und ihm zusagen mußte, einige Wochen zu ihm zu ziehen. Sie tat es mit schwerem Herzen, aber sie durfte ihren leiblichen Bruder nicht im Stiche lassen, meinte sie.

Nun wurde es noch stiller auf dem Hehlenhofe; es ging alles nach der Reihe, weil eine ältliche Witwe vor der Hand die Wirtschaft führte, aber es fehlte die Sonne.

Der Bauer sprach nur das Nötigste; seitdem die Frau tot war, wurde er immer kleiner und lachen hatte ihn kein Mensch mehr gesehen.

Göde fror, wenn er über die Deele ging, wo es so still war, wie in einer leeren Kirche. So lange er Arbeit hatte, hielt er es noch aus, aber abends wurde es ihm unheimlich zu Sinne und ab und zu ging er nach dem Krug, wo er doch wieder eine laute Stimme und ein Lachen zu hören bekam.

So ging der Sommer hin und der Herbst kam. Der Bauer fiel immer mehr ab und hustete Tag und Nacht.

Einmal, als sie beide allein beim Feuer saßen, hatte er gesagt: »Meta bleibt aber lange fort.« Göde antwortete: »Ja, sie kann noch nicht abkommen, hat sie mich wissen lassen. Es ist da eine Luderwirtschaft auf dem Hofe gewesen. Und ihr Bruder geht ihr doch vor.«

Der Vater hatte ihn angesehen: »Ich meine, ihr seid so gut wie Mann und Frau. Und hier muß eine Frau hin, meine ich. Das ist nichts für einen jungen Kerl, das einschichtige Leben; davon wird das Geblüt hart. Wenn Meta hier wäre, würdest du nicht so oft nach dem Kruge gehen.«

Der Sohn nickte: »Wohl möglich, Vadder«, und von da ab war er nicht mehr nach dem Dorfe gegangen, außer wenn es ganz nötig war. Er lebte stumpf vor sich hin und ging ab und zu auf die Jagd.

Wenn er an Meta dachte, dann war es ihm selbst verwunderlich, wie wenig bange ihm nach ihr war, vorzüglich, wenn er bedachte, wie glücklich er mit ihr gewesen war, ehe daß die Mutter fortstarb.

Ein Gedanke war immer bei ihm, wenn er an sie dachte: wie ging es zu, daß sie nicht guter Hoffnung war? Er wußte keine, die er lieber mochte, aber eine Frau, von der er keinen Hoferben haben sollte, das wollte ihm nicht in den Sinn.

Als der Dezember kam, hustete der Vater immer hohler und eines Morgens blieb er in der Butze.

Göde schickte nach dem Doktor, aber der Bauer sagte, der könne ihm doch nicht helfen, und der Doktor gab das zu. »Dein Vater geht aus, wie ein Krüsel ohne Oel; er hat keinen Willen zum Leben mehr.«

Der alte Tyras lag den ganzen Tag vor der Butze des Bauern und fraß kaum mehr.

Hehlmann wurde immer schwächer. Er sagte Göde, er solle den Advokaten holen lassen, und als der da war, verschrieb er Göde den Hof unter der Bedingung, daß er und seine Rechtsnachfolger, solange Meta Dettmer leben sollte, eine Dönze für sie frei halten und sie kleiden und verpflegen sollten, wie es einem Mädchen von einem großen Hofe zukam.

An diesem Abend ging Tyras auf den Hof, heulte nach dem Kirchhofe und ging nicht wieder in die Dönze, sondern legte sich auf seinen alten Platz im Pferdestall; als der Großknecht ihm am anderen Morgen eine Satte Milch hinstellte, sah er, daß der Hund tot war.

Am Morgen darauf lag der Bauer tot in seiner Butze. Sein Gesicht war ernst und streng. »Der zieht keinen nach«, sagte die Totenfrau, als sie ihn in das Notlaken einnähte.

Es war eine große Leiche, denn die Hehlmanns hatten eine weitläufige Freundschaft, und die Hohenhölter waren da und sogar der Droste.

Unter den Klageweibern, die in ihren weißen Notlaken bei dem Sarge saßen und nebenher gingen, fehlte Meta; ihr Bruder lag schwer an der Lungensucht.

Göde ging hinter dem Sarge her und wunderte sich, wie wenig traurig ihm zu Mute war. Er hatte sich immer gut mit dem Vater gestanden, aber in dem letzten Jahre war dieser immer mehr von ihm abgerückt.

Es war ihm so, als wenn der alte, kranke Mann, der jetzt den Notweg fuhr, ein ganz anderer war, als der, der bis zum Tode der Mutter auf dem Hofe war, und als bei der Trauerrede des alten Pastors ihm eine Träne über die Backe lief, da weinte er nicht um den Vater, da weinte er der Mutter nach und den hellen Tagen, die damals auf dem Hansburhofe kamen und gingen.

Keinen Menschen hatte er, keinen Menschen. Mit düsterem Gesicht ging er durch das Dorf. Er dachte an Meta und wünschte, daß sie bei ihm wäre.

Doppelte Liebe

»Wenn das so beibleibt«, sagte Durtjen, die den Großknecht geheiratet hatte und jetzt dem Bauern die Wirtschaft führte, »denn setzt er sich noch was in den Kopp!«

Hermen brummte; er war kein Freund vom vielen Reden, aber er nickkoppte wenigstens, damit seine Frau nicht, wie jeden Tag zwölfmal, ihn in die Rippen stieß und sagte: »Junge, sei nicht so faulmäulsch!«

»Ach, Hermen«, sagte die hübsche stramme Frau und setzte sich ihrem Manne auf den Schoß, worüber er sich so verjagte, daß ihm beinahe die Pfeife aus dem Munde fiel, »es ist doch schrecklich, wenn ein Mensch so allein ist.«

Und sie nahm ihn an den Kopf und gab ihm einen Kuß, worüber er brummte, als wenn ihm das sehr unangenehm wäre. Er hatte es aber gern, nur kam ihm das immer etwas dumm vor, daß er jetzt ganz regelrecht eine Frau hatte.

»Viel ist mit dir ja nicht aufzustellen, du Dössel«, lachte Durtjen und kitzelte ihn, daß er prustete wie ein Maikater; »aber es ist doch besser, als gar nichts. Nun sag doch auch mal was, du oller Schrapenpüster, oder ich kitzele dich, bis du das Elend kriegst!«

Sie sprang von seinem Schoße, stellte sich vor ihn hin und tat so, als wenn sie ihre Worte wahr machen wollte. Er wand sich vor Verlegenheit und je näher sie ihm mit ihren runden Armen kam, um so brummiger wurde sein Gesicht, bis er endlich die Pfeife beiseite legte und ungeschickt, wie ein Bär, seine junge Frau um den Hals faßte. Und als er erst im Zuge war, da wurde er ganz rechtschaffen zärtlich.

Durtjen huschelte sich ganz fest an ihn heran: »Siehst du, du Hanns Taps, du bist grade so, wie das schwarzbunte Schwein: eh' man das nicht mit dem Maul in den Trog stößt, nimmt es nicht an. Aber nun wollen wir mal wie vernünftige Leute reden: was ist das mit dem Bauern? Man möcht' ja beinahe laut losheulen, wenn man das so mit ansehen mußt. Kein einmal lacht er, hat an nichts Spaß, kaum daß er die Hunde ansieht, wo er doch früher immer mit zu

Gange war, wenn er sonst nichts vorhatte. Nu rede doch mal, du Hammel!«

Aber Hermen brummte bloß, und da er einmal warm geworden war, versuchte er, seine Frau wieder in den Arm zu nehmen.

Sie aber wehrte ab: »Da hast du nachher noch Zeit zu. Weißt du was: sobald ich kann, fährst du mich nach dem Dieshofe. Ich will doch mal sehen, ob ich Meta nicht wieder herkriege. Ich möchte bloßig wissen, was mit den beiden Leuten los ist. Sie waren sich doch ganz einig.«

Sie seufzte und nagte an ihren Lippen. Dann horchte sie auf. »Just kommt er!« sagte sie, »ich glaube, er will zu uns.« Dann schüttelte sie den Kopf, denn die Schritte gingen am Backhause vorüber.

»Er geht jetzt meist jeden Abend nach dem Kruge«, sagte die Frau. »Gut ist das auch nicht, aber er kommt wenigstens auf andere Gedanken.«

Als sie nachher neben ihrem Manne lag, stieß sie ihn an: »Hermen, hast du all hört, Beckmanns Miken ist wieder da. Sie soll aussehen, wie eine Gräfin. Vor Jahren soll der Bauer was mit ihr vorgehabt haben, als er noch ein halber Junge war.«

Ihr Mann knurrte: »Wer hat mit der nicht was vorgehabt? Er war der erste nicht, und er wird der letzte nicht sein.« Dann schnarchte er los, daß die Butze dröhnte, denn er hatte den ganzen Tag Mist umgewendet.

Am anderen Tage ging der Bauer nach der Hehlenheide, um nach seinen Pflanzfuhren zu sehen, denn der Förster hatte gemeint, er müßte nachpflanzen, weil über Winter eine ganze Anzahl abgestorben waren.

Er hatte gestern im Kruge ein bißchen viel getrunken; der Schnaps steckte ihm noch im Geblüte und machte ihn übermütig, und darum ließ er, als er am Toten Orte war, den Wigelwagel dreimal pfeifen und schreien, aber dann lachte er über sich selbst und schüttelte den Kopf.

»Du kannst es ja noch, Göde«, rief es da hinter ihm, und als er sich umdrehte, sah er Miken da stehen.

Er wurde ganz rot, als er sie sah, denn er hatte noch nichts davon gehört, daß sie wieder da war.

Er sah an ihr herauf und herunter. Das war ja eine vornehme Dame geworden! Sie trug das Haar auf eine ganz hoffärtige Art und hatte ein Kleid und Schuhe an, wie er es nur in Celle bei den herrschaftlichen Leuten gesehen hatte. Sogar einen seidenen Sonnenknicker hatte sie.

Göde wußte nicht, wie er sich zu ihr stellen sollte. Sie aber nahm ihn ohne Umstände an die Ohren und gab ihm ein Dutzend Küsse; dann lachte sie und sagte: »Du gefällst mir nicht, mein Junge! Früher sahst du viel graller aus den Augen. Was fehlt dir denn bloß? Hast einen großen Hof, keine Schulden, was willst du denn noch mehr? Du mußt sehen, daß du eine Frau kriegst, das einschichtige Leben ist nichts für dich. Aber hier sticht die Sonne zuviel; komm, laß uns in den Schatten gehen!«

Sie drängte ihn nach dem Busche hin und da, wo die weißen und gelben Blumen durch den blanken Efeu kamen, setzten sie sich hin.

Miken riß eine weiße und eine gelbe Blume ab und warf sie in den Quellbach, der vor ihnen dahinschoß. Die weiße Blume blieb hängen, die gelbe trieb fort.

»So ist es«, sagte das Mädchen und sah ihn an, und er sah, daß sie noch dieselben bunten Augen hatte, wie vor Jahren; »der eine muß in die Welt und der andere bleibt da, wo er ist.«

Sie seufzte, aber dann schüttelte sie den Kopf, daß ihr rotes Haar nur so leuchtete, lachte und sagte: »Magst du keine Weibsleute mehr, Göde?« und damit bog sie ihren Kopf zurück, bis er an seiner Brust lag, und ihre Augen wurden klein wie an dem Tage, als er hier den großen Bock geschossen hatte und dadurch mit ihr bekannt wurde.

Als der Bauer zum Mittag kam, hatte er andere Augen als am Tage vorher, so daß Durtjen über das ganze Gesicht lachte.

Als dann der Hund den Wassereimer herunterriß, daß die ganze Deele schwamm, mußte sie so lachen, daß sie ganz schwach auf die Bank fiel, und da der Bauer auch mitlachte, ließ auch Hermen sein

Lachen vernehmen, das sich anhörte, als wenn der alte Schnuckenbock hustete.

»Von heute ab wird einen anderen Weg gefahren«, sagte Durtjen zu ihrem Manne; »es wird gelacht, daß die Heide wackelt, wo es eben geht, und wenn du Ungetüm nicht mithältst, dann schmier dir man deine Rippen.«

»Willst du wohl gleich lachen, du Töffel!« schrie sie ihn an und ging mit spitzen Fingern auf ihn los.

Aber Hermen machte, daß er in den Stall kam, und da kratzte er sich hinter den Ohren und sagte zu Hans, dem Fuchs, den die Liese nicht in Ruhe ließ, stöhnend: »Die Frauensleute! Die Frauensleute!«

Durtjen hielt Wort. Wo sie ging und stand, hörte man ihr helles Lachen, bald im Stall, bald auf dem Boden, und dann wieder aus dem Backhause.

Ihr Mann hatte schlimme Tage; wenn er sein gewöhnliches Gesicht machte, ging es ihm hundeelend, denn dann kitzelte sie ihn, daß ihm der Atem stehen blieb, so daß er vor lauter Angst zuletzt immer gleich an zu lachen fing, wenn sie ihn bloß ansah.

Sogar Ohm Jürn, der das Lachen für eine noch schwerere Arbeit ansah, als das Reden, kriegte sie zum Schmustern, und als sie ihm eines Tages sagte, sie wolle ihm eine Frau anschaffen, denn ansonsten verpaßte er die besten Jahre, da lachte er regelrecht los, und hinter ihm her lachte Durtjen so laut, daß der Bauer aus der Dönze kam und mitlachen mußte. Und ehe Durtjen es sich versah, hatte Hehlmann sie im Arme und küßte sie auf den Mund.

Sie sah ihn ganz erschrocken an, wischte sich den Mund ab und sagte: »Ach nee, Hansbur, das geht nun doch nicht. Wie sollte ich da wohl vor Hermen bestehen?«

Aber Hehlmann lachte sie an: »Es war man bloß Spaß, Durtjen, und Freude, daß es auf dem Hofe doch wieder anders ist, als bislang. Und damit du siehst, daß ich es gut mit dir meine, komm her, ich habe da was hingelegt«, und er gab ihr das ganze Kleinkinderzeug, das seine Mutter noch zuletzt genäht hatte, und da schossen Durtjen die Tränen aus den Augen; aber sofort lachte sie wieder und sagte: »Wenn dich das man nicht noch gereut! Aber dann kannst du es ja von uns lehnen.« Und nun lachten sie beide, daß alle Hähne an zu krähen fingen.

So blieb es auch. Wenn der Bauer einmal wieder sein altes Gesicht hatte, lange hielt es nicht vor, dafür sorgte Durtjen schon; es war noch keine Woche dahingegangen, da hatte Hehlmann wieder das Gesicht, das er von dem Tage an hatte, als er mit Meta beim Erntebier gewesen war.

Das Essen schmeckte ihm wieder, die Arbeit flog ihm nur so von der Hand, und die Hunde gingen ihm nicht mehr aus dem Wege, wenn er nach Hause kam.

Aber ganz lebte er erst auf, als Wolf von Hohenholte eines Tages angeritten kam. Der ganze Hof lief zusammen, als er aus dem Sattel sprang, und die Schruthähne fingen gefährlich an zu prahlen, denn der Leutnant hatte einen feuerroten Rock an.

Er war nicht mehr der stille Junge, sondern ein forscher Kerl geworden.

»Tag, Göde«, rief er über den Hof, »ich wollte mal wieder von deinem Schinken essen und Honigbier bei dir trinken. Und denn: morgen feiere ich meine Verlobung; da mußt du bei sein. Sträub' dich man nicht wie ein Borgfarken! Ja oder nein? Wenn nicht, klemm ich mir den Schinder wieder zwischen die Hosen und du siehst mich sobald nicht wieder. Donner, hier ist es ja noch gerade so, als wie zuvor! Für den Juni kannst du mir einen guten Bock kaltstellen, und wenn es nicht anders ist, bin ich auch mit zweien zufrieden.«

»Was sagst du da? Herr Leutnant? Du bist wohl von 'ner alten Kuh gebissen? Hat der Mensch schon so etwas belebt? Du schämst dich wohl, einen hungrigen Leutnant zu duzen, großer Bauer, als wie du bist. Häh? Und das ist ja wohl Durtjen? Na, wohl schon im heiligen Ehestande? Aber, Mensch, sieh bloß zu, daß ich was zu essen kriege! Ich bin mit ledigem Leibe heute früh von Celle losgeritten.«

Das wurde nun ein lustiges Frühstück. Der Bauer ließ auftragen, was im Hause war, holte den ältesten Korn und das hellste Honigbier aus dem Keller, langte die beiden schönsten Krüge vom Bört und nahm die hohen Gläser mit dem Goldrande und den sieben

Perlen im Fuße aus der Schatull, denn so hatte er sich lange nicht gefreut.

Immer mußte er Wolf ansehen, der in seiner roten Uniformjacke mit der Narbe in der Backe, die er sich bei einem Zweikampfe geholt hatte, ganz prachtvoll aussah.

Und lustig war er! Als er sich die Ställe ansah, während der Bauer mit einem Manne verhandelte, der Bauholz kaufen wollte, gab es überall Lachen und Quietschen, und die hübsche Lütjemagd, die Wolf in dem Heidschauer antraf, hatte noch den halben Tag einen roten Kopf und konnte die Augen gar nicht von der Erde kriegen.

Am nächsten Tage nahm sich der Bauer doppelt so viel Zeit beim Bartabnehmen, zog sein Kirchenzeug an und ging nach Hohenholte.

Der Rittmeister, der mittlerweile ein bißchen alt geworden war, freute sich über sein ganzes Gesicht und duzte Hehlmann wie zuvor, und die Freifrau schalt ihn aus, daß er noch keine Frau habe und fragte, ob sie sich nach einer für ihn umsehen sollte.

Die junge Braut, ein Mädchen so schlank wie ein Tannenbaum, und mit Backen, wie Rosen so rot, sprach fortwährend mit ihm, weil, wie sie sagte, Wolf ihr so viel von ihm erzählt hatte.

So wurde es eine lustige Mahlzeit, und der Bauer merkte gar nicht, daß er nicht unter seinesgleichen war.

Nach dem Essen gingen die älteren Herrschaften schlafen, der Leutnant blieb mit seiner Braut in der Fensternische sitzen und die Herren gingen mit ihren Pfeifen und Zigarren in die große Laube.

»Der Bengel kann lachen«, sagte der Forstmeister, »eine Braut, wie man sie nicht alle Tage findet, Geld wie Heu, dabei Waisenkind und ohne Anhang. Na, ich gönne es ihm und dem Alten auch. Sie haben es sich sauer werden lassen.«

Er rauchte an seiner Holzpfeife, daß der Qualm ihm um die Ohren schlug und drehte sich dann zu seinem Nachbar: »Bei der Hover Mühle ist jetzt ein Gerenne, als wenn da eine heiße Hündin ist. Ich habe gehört, das rote Miken ist wieder da.«

Sein Nachbar, ein Herr vom Gericht in Celle, antwortete: »So? Na, dann kann Wolf sehen, daß er ihr nicht in die Quere kommt; das Frauenzimmer hat den dreifach destillierten Deuwel im Balge. Ich verstehe nicht, daß er sich mit der Personage abgeben konnte. Jung waren wir alle einmal, aber Hohenholte ist doch aus den Jahren heraus, wo man nicht danach fragt, wer alles aus dem Glase getrunken hat. Sie müssen das Besteck ja doch auch kennen, Herr Hehlmann; die Mühle liegt ja an Ihrer Grenze.«

Der Bauer antwortete nicht und machte sich mit seiner Cigarre zu schaffen, aber er dachte bei sich: »Also so eine ist das! Darum die feine Kleedage!«

Die anderen aber redeten weiter. Als ein dürrer, langer Mensch von mittlerem Alter, der Hehlmann aufgefallen war, weil er Cigaretten rauchte und ein viereckiges Glas mit einem goldenen Rande im Auge hielt, sagte: »Aber schneidig ist sie doch und hat Rasse und Feuer«, da redeten sie alle über Kreuz: »Schneidig, ja, Rasse, ja, Feuer, ja, aber ein Saumensch ist sie darum doch und von Rechts wegen gehörte sie an den Kaak! Warum ist der kleine Düweln vor die Hunde gegangen? Weshalb mußte der dolle Möllecke nach Amerika? Alles von wegen diesem Frauenziefer!«

»Nun aber Schluß!« dachte der Bauer, als er das hörte; es war ihm nicht so ganz sauber zu Mute.

Immerhin, sie hatte ihm dazu verholfen, daß er das Lachen wieder lernte, und es tat ihm doch leid, daß sie vor die Pferde gekommen war.

Als er gegen Abend über die Heide ging, fiel ihm Meta ein, und er sagte sich, daß es Zeit wäre, daß er sich nach ihr umsähe.

Aber dann hatte er das zu tun und dann das, und so verblieb es, zumal er allerhand Anschluß gefunden hatte und bald hier, bald da im Kruge saß, wo eine hübsche Wirtsfrau oder sonst was Glattes anzutreffen war, und dann hörte er auch von Durtjen, daß Meta nicht gut vom Dieshofe fort könne, weil ihre Brudersfrau sich von den Wochen gar nicht erholen konnte.

»Ordentlich elend und abgefallen sieht sie aus«, erzählte Durtjen, »als wenn sie zehn Jahre älter wäre, als ihr zukommen. Sie weiß ja auch vor Sorgen nicht aus und ein. Der Bruder kartjet, die Frau liegt, du lieber Himmel, ich war froh, als ich da wieder weg war.«

Alles konnte Hehlmann vertragen, bloß kein Unglück; davon hatte er in den letzten Jahren mehr als genug zu schmecken bekommen.

Er ging lieber dahin, wo es lustig zuging, und an Gelegenheit mangelte es ihm nicht.

Am meisten war er im Piewittskruge zu sehen; da war ein lustiger alter Wirt und eine noch lustigere junge Wirtin, mit der sich schon ein Wort im Vertrauen reden ließ, denn der Wirt sah und hörte nichts, wenn nur gut verzehrt wurde.

Daß das geschah, dafür sorgte Lischen Lustig schon, unter welchem Ekelnamen die Wirtin weit und breit bekannt war. Wenn gute Gäste da waren, ließ sich der Wirtsmann nicht sehen, und dann ging es hoch her, denn es war bald diese, bald jene Kusine von der Frau oder dem Manne da, und das Küchenmädchen verstand auch Spaß; so gab es manchen langen Abend bei Bier und Wein.

Hehlmann war nach dem Piewittskruge gekommen, weil der Wirt bei ihm einmal angefragt hatte, ob er nicht einen Rehbock kriegen könne.

Seitdem wurde er da alle sein Wild los, denn der Piewittskrüger handelte mit allem, was es gab, und da er dem Bauern auch seinen Wachs und seinen Honig abnahm und was es sonst gab, so hatte Hehlmann vor sich immer einen Grund, nach der Brücke zu gehen.

Wenn er erst einmal da war, kam er so bald nicht wieder fort, denn zu Hause war es ihm zu langweilig den ganzen Abend.

In dem Kruge lernte er auch Klas Kordes näher kennen, einen jungen Bauern, der früher in Lichtelohe als Knecht gedient hatte. Das war ein fixer Kerl, und wo er war, da ging es hoch her.

Er hatte nicht weit vom Kruge auf einen guten Hof geheiratet, der einem wahren Ungetüm von Frau gehörte, so groß und so breit, wie es rundumher keine gab, aber eine fleißige und herzensgute Frau, die ganz verrückt in ihren hübschen Kerl war, der zwölf Jahre jünger war als sie.

Wenn auf dem Hofe die Arbeit nachließ, machte er allerlei Fuhren für den Krüger; auch wußte man, daß er ein gefährlicher Scharfschütze war.

Er hatte sich eine kleine Jagd gepachtet, die vor dem königlichen Forst lag, und aus der er mehr Böcke herausholte, als andere aus zehnfach größeren Jagden.

Er hatte eine Schwester, die bei ihm auf dem Voßhofe war, ein ansehnliches Mädchen, die Hehlmann mächtig in die Augen stach.

Als im Piewittskruge Tanzefest war, tanzte Hehlmann nur mit Trina Kordes. Es ging lustig zu, denn bei dem Krüger gab es bessere Sachen zu trinken, als in den anderen Wirtschaften.

Als der wilde Meyer aus Krusenhagen, der am Abend vorher mit dem Schweinehändler im Kruge hoch gespielt und gefährlich gewonnen hatte, drei Buddeln Schampagner ausgab, da war kein Halten mehr; überall knallten die Körke gegen die Decke und das Küssen und Drücken nahm kein Ende.

Auch Hehlmann hatte ganz seine Ernsthaftigkeit verloren. Er hatte mehrere Flaschen Schampagner ausgegeben und dazwischen noch eine Mischung nach der anderen getrunken, die aus viererlei Schnaps und Likör zusammengegossen war und die sie doppelte Liebe nannten.

So sah er den Himmel für eine Baßgeige und Trina für einen Engel an, und als er sich vor Tau und Tag aus ihrer Kammer stahl und nach dem Hehlenhofe ging, war ihm, als habe er das große Los gewonnen.

Er war nun öfter bei ihr, bis daß Klas ihm eines Abends, als die Köpfe alle heiß waren von Bier und Grog, fragte: »Wannehr wollt ihr denn freien?«

Hehlmann wurde vor Schreck ganz nüchtern, denn als Frau war ihm Trina nicht so recht nach der Mütze.

Aber das half nun nichts mehr; sie war eine anständige Kätnerstochter, und wenn er sie sitzen ließ, wurde er in allen Dörfern auf dem Burmal unehrlich gemacht.

Und schließlich, es war auch Zeit, daß er freite. So wurde denn alles festgemacht, und vier Wochen nachher war die Hochzeit.

Sehr groß war sie nicht, denn von der Hehlmannschen Seite blieben meist alle fort, weil es zu offenbar war, daß er mit Meta Dettmer versprochen war, und eine Kordes galt ihnen auch nicht für voll. Das fiel dem Bauern schwer auf die Seele.

Als er am andern Morgen mit dickem Kopfe aufwachte, denn er hatte mehr als genug getrunken, und seine Frau, die noch schlief, ansah, gefiel sie ihm gar nicht mehr. Ihre Hübschigkeit lag zumeist in der Aufmachung, und wie sie jetzt so dalag, hatte sie einen ganz häßlichen Mund, und ihre Hände sahen gewöhnlich aus.

Da fiel ihm Meta ein, die einen so schönen Mund und so feine Hände hatte trotz der groben Arbeit. Selbst wenn sie alt und krank wäre, würde Meta noch gut aussehen, dachte er.

Aber diese Trina? Er mochte gar nicht daran denken.

Und nun sang auch noch Durtjen im Hofe:

> Heinrich schlief bei seiner Neuvermählten,
> Einer reichen Erbin von dem Rhein,
> Schlangenbisse, die den Falschen quälten,
> Ließen ihn nicht ruhig schlafen ein.

Auf der Wildbahn

Wenn Hehlmann nicht die Jagd gehabt hätte, wäre ihm das Leben bald leid geworden.

Es dauerte noch keine drei Monate, und es stieß ihm sauer auf, wenn er Trinas Stimme hörte. So scharf wie ein Messer war sie und so hart wie Stein. Noch schlimmer hörte es sich an, wenn sie lachte.

Alles war gewöhnlich an ihr, ihr zappeliger Gang, ihr hastiges Arbeiten, ihr ewiges Klagen über die Leute. Wo Mutter Hehlmann gesprochen hatte, da schrie sie, und sie schimpfte, statt zu zeigen, wie es sein müsse.

Sie konnte sich keine Stellung bei den Leuten machen; immer kam die Kätnertochter bei ihr heraus.

Auf den Bauern nahm sie keine Rücksicht; er war ihr Mann und damit war es gut. Mit wildem Haar und schmutziger Schürze setzte sie sich zum Essen, und das war auch danach.

Sie kochte ohne Liebe, und die schmälzt mehr, als der beste Speck. Den ganzen Tag schoß sie im Hause hin und her und putzte hier und wischte da, aber rein und ordentlich sah es nie recht aus.

Hehlmann ließ sie im Hause machen, was sie wollte, und wenn er nicht bei der Arbeit war oder schlief, dann war er in der Wildbahn, entweder in seiner Eigenjagd oder bei Klas.

Dem ging es auch nicht besser. Mit der Zeit war die Voßbäuerin dahinter gekommen, daß der hübsche Kerl hier und da nahm, was ihm geboten wurde, und war die Frau bisher lauter Honig und Sirup, so wurde sie jetzt eitel Gift und Galle. Und das schlimmste war, daß sie den Daumen auf dem Beutel hielt.

Auf die Art fand Klas immer mehr Gefallen am Freijagen, denn der Krüger war ein guter Abnehmer, und Kordes brauchte Geld für Bier und Wein, und für Brusttücher und Gürtelschnallen auch, »denn«, sagte er, »mit lütjen Happen macht man die Hunde kirre«.

Bisher hatte er sich mit Hasen und Rehböcken zufrieden gegeben, und auf die gaben die Förster im Königlichen nicht viel, aber mit der Zeit ging er ihnen auch über die Hirschböcke.

Es wurde so schlimm damit, daß von der Hofjägerei in Hannover ein heiliges Donnerwetter wegen der großen Abgänge an den Forstmeister kamen, und der gab es weiter.

Tag und Nacht lagen nun die Förster im Holze, aber immer waren sie betrogen. Wenn sie hier lauerten, knallte es da, und paßten sie da, so ballerte es hier.

Daß Kordes der Freischütz war, daran dachten sie nicht; sie hatten die Celler Mascher im Verdachte, Völker, denen nicht recht zu trauen war.

Dem alten Hegemeister Hagelberg schlug der Ärger so in das Blut, daß er sich in Pension gab. An seine Stelle kam ein Ostpreuße, Adomeit geheißen, ein langer Mann mit schläfrigem Gesicht, über den die Bauern lachten, weil er keinen Bart trug, wie es bei den Grünröcken üblich war, so ganz anders sprach, als wie es Landesbrauch war, und nichts vertragen konnte.

Er ließ sich blitzwenig im Kruge blicken, aber wenn er kam, dann war er nach einer Stunde voll, wie ein Entendarm, denn er trank immer nur Grog, auch bei der wahnsten Hitze; und dann saß er da, lachte wie ein Unkluger und machte kleine Augen, so daß das junge Volk seinen Hahnjökel mit ihm trieb und der Forstmeister ihm sagte, wenn er das Saufen nicht ließe, könne er machen, daß er wieder in die Kaschubei käme. Denn er war bloß auf Probe angestellt.

Nun hatte der Hansbur einen hirschroten Dachshund, an dem sein ganzes Herz hing, weil der Hund so ausnehmend klug war und so vorzüglich jagte. An einem Morgen schoß Hehlmann im Hehlloh dicht am Königlichen einen Bock krank, der den Post annahm, so daß der Bauer den Hund schnallen mußte, und da jagte der Hund über und Adomeit schoß ihn vor den Kopf.

Der Bauer rührte mittags nichts an und ging nachher nach dem Voßhofe, wo er Klas den Fall vortrug.

Das kam dem wie gerufen, denn er hatte immer schon gewünscht, daß sein Schwager ihm beistehen solle. Er nahm ihn mit in den Krug und hetzte ihn so lange auf, bis Hehlmann einsah, besser könne er es dem Förster nicht geben, als wenn er ihm die Hirschböcke totschösse.

Zudem freute es ihn, wenn er seinem Schwager helfen konnte, denn der hatte ein Mädchen mit einem Kinde sitzen und mußte ihr den Mund mit Talern stopfen.

Sie fingen das nun ganz schlau an. Wenn Hehlmann im Piewittskruge oder im braunen Schimmel in Lichtelohe saß, dann schoß Kordes am Hehlloh herum, und wenn er im Kruge saß, dann knallte es im großen Moore, an das der Voßhof angrenzte, so daß die Förster nicht einen Augenblick daran dachten, daß der Hansbur und der Voßbur die Freischützen waren.

Zudem diente bei dem Forstmeister ein Mädchen, das früher auf dem Voßhofe Magd gewesen war, mit der es Kordes immer noch hielt, und die ließ ihn wissen, an welchem Tage Försterappell oder wo Holzbeschau war, so daß Kordes immer wußte, wann die Luft rein war.

Bisher hatten sie jeder für sich gewildert, aber als wieder einmal Försterappell angesetzt war, gingen sie zusammen, weil Klas sich einen guten Plan ausgedacht hatte.

An das Hehlloh stieß nämlich eine mächtige Fuhrendickung, und darin steckte das Rotwild mit Vorliebe. Nun sollte Hehlmann ohne Gewehr in die Dickung durchdrücken und Kordes wollte sich bei dem Wechsel hinter dem großen Windbruche anstellen.

Sie besprachen sich das ganz genau, und als es an der Zeit war, ging Hehlmann los.

Ihm war nicht ganz sauber zu Sinne, aber er schrieb es darauf, daß die Bäuerin ihm wieder wegen Durtjen in den Ohren gelegen hatte, denn die zeigte es ihr gerade heraus, wie wenig sie von ihr hielt.

Sie hatte ihr, als die Frau über Gebühr Arbeit von ihr verlangte, das rund abgeschlagen, und als die Bäuerin ihr an die Ehre ging, war sie ihr mit den Fäusten unter die Augen gegangen und hatte gerufen: »Du alte Gaffelzange, du bist doch man bloß hier auf den Hof gekommen, wie der Kuhdreck in die Dönze.«

Hehlmann hatte im Halse gelacht, als er das anhören mußte; als ihm seine Frau aber auftrug, den Häusling zu kündigen, hatte er sie groß angesehen und gesagt: »Gewiß, wenn du die Arbeit machen willst.« Da hatte die Frau stillgeschwiegen; aber ab und an kam sie ihm wieder damit und nöhlte ihm die Ruhe fort.

Der Honigbaum war am Anblühen, die Bienen flogen und die Luft roch süß, als Hehlmann über die Heide ging.

Ein Hase sprang vor ihm auf und lief nach links. Der Bauer war nicht abergläubisch, aber er dachte daran, daß das ein schlechtes Zeichen sein sollte.

Auf dem Pattwege begegnete ihm eine alte Frau aus Horst, die für eine Hexe beschrieen war und zu der die Mädchen spät abends in das Haus gingen, wenn sie in Nöten waren.

»Das ist Nummero zwei«, dachte der Bauer, und dann lachte er sich die Angst weg. Aber es fiel ihm ein, daß er in der Nacht aufgewacht war, weil der Hund so scheußlich geheult hatte.

Er trocknete sich den Schweiß unter der Mütze ab, denn es war diesige Luft, und dabei wurde es ihm klar, daß das mit dem Hund der erste Vorspuk gewesen war, und daß noch zwei hinterher gekommen waren.

»Duffsinn«, dachte er und holte die Schnapsflasche heraus, die er jetzt immer bei sich hatte, wenn er losging.

Als er bei der Dickung war, wartete er erst eine Weile hinter einem großmächtigen Machangel.

In der Forst schrie der Schwarzspecht, erst lang und klar wie eine Glocke, und dann schnell hintereinander. »Das Wetter schlägt um«, dachte der Bauer.

In der Birke bei dem Grenzsteine sprang ein kleiner, schmaler Vogel hin und her und gab in einem Ende einen Ton von sich, der sich ganz unglücklich anhörte, im Hehlenbruche schrie eine Kuh, als wenn sie zum Schlachter sollte, und mitten in der gewöhnlichen Heide am Grenzgraben stand ein Busch, der blühte weiß.

»Das ist gerade, als wenn es nach Unglück riecht«, dachte Hehlmann; er nahm noch einen Schnaps und trat über den Grenzgraben.

In der Dickung war es stickend heiß; es nahm ihm ordentlich die Luft weg. So manches Mal war er schon über die Grenze gegangen, aber so war ihm noch nie zu Sinne gewesen.

Hin und her ging er durch die Fuhren, wo sie etwas raum wurden; oftmals mußte er fast kriechen, so rauh waren sie meist.

Als er ungefähr in der Mitte war, hörte er, daß Wild vor ihm aufsprang; gleich dahinter meldete der Markwart in dem Windbruche und nun wartete er, daß es knallen sollte. Aber es knallte nicht, und so drückte er die Dickung durch, bis ihm der Schweiß über den Rücken lief.

Als er am Ende war, nahm er noch einen Schnaps, wischte sich den Schweiß und die Spinneweben aus dem Gesicht, holte tief Luft, denn von der Hitze war ihm ganz benaud geworden, und dann nahm er den Hut ab und ließ hinter den Zweigen her seine Augen über die Blöße gehen.

Da war nichts, wie er erst meinte, aber dann sah er, daß halbrechts hinter einem Wurfboden sich etwas rührte; es waren die Köpfe von drei Stück Wildbret, einem alten Tiere und zwei Kälbern, die nach dem Stangenort hinäugten und spielohrten.

»Warum schießt er nicht«, dachte er, »sie stehen so schön breit«, und er wollte gerade auf einen Stuken steigen, um weiteren Blick zu haben, da trat das Wild hin und her und bog dann nach links ab.

»Sie haben eine Mütze voll Wind gekriegt«, dachte er, aber dann horchte er auf; drüben im Holze meldete der Specht und in demselben Augenblicke knallte es, das Hirschkalb stürzte im Feuer, das alte Stück und das Wildkalb machten kehrt und polterten in die Dickung zurück.

Hehlmann wartete und wartete, aber es blieb alles still. So still war es, daß er vernahm, wie ihm das Herz in der Brust arbeitete; unheimlich still war es.

Quer über den Windbruch flog der Schwarzspecht; jedes Mal, wenn er einen Flügelschlag tat, schnurrte es laut. Ein Rotkehlchen setzte sich auf eine lose Wurzel, die aus einem Wurfboden heraus hing, und Hehlmann war es, als wenn es ihn traurig ansah.

Und dann war über ihm in den Fuhren wieder der kleine schmale Vogel mit seinem unglücklichen Gepiepe zu gange.

Dem Bauern wurde es bald heiß, bald kalt, und als drüben der Markwart meldete, verjagte er sich. »Wir kriegen ein Gewitter«, dachte er bei sich; »ich habe es mit den Nerven.«

Vom Hehlenbruche her zog ein Wetter herauf, es donnerte schon. Der Wind machte sich auf und stieß die Fuhrenzweige zusammen, und aus der großen Wolke blitzte es ein über das andere Mal. Immer schneller kam das Wetter herauf, die Kuhtauben flogen zu Holze, daß es klingelte.

»Was das bloß ist, daß ich von ihm nichts höre und sehe«, dachte er, und dann überlegte er, ob er nicht nach der anderen Seite gehen sollte. Aber das war gegen die Abmachung, denn jeder sollte für sich seinen Weg gehen und bei dem Immenschauer auf der Brandheide wollten sie sich treffen.

Es wurde immer schwärzer in der Luft; aus dem Winde wurde ein Sturmwetter, es goß wie mit Mollen und blitzte und donnerte durcheinander.

Als es gerade hell leuchtete, war es ihm, als ginge ein Mann über die Blöße, aber bei dem nächsten Blitz konnte er nichts mehr wahrnehmen, und so machte er schließlich, daß er weiter kam.

Gerade als er sich umdrehte, schien es ihm, als wenn er eine Stimme durch das Brausen hörte, und der nächste Donner klang ihm bald wie ein Schuß; er sah noch einmal über die Blöße hin, aber als da nichts war, kroch er durch die Dickung, sprang in guter Deckung über den Grenzgraben und kam gerade beim Immenzaun an, als das Wetter nachließ.

Obzwar er durch und durch naß war, wartete er noch eine halbe Stunde, als es ihn aber gar zu sehr schudderte, ging er nach dem Hofe.

Klas war nicht da. »Er wird wohl bei dem Wetter gleich nach Hause gegangen sein, naß wie er war.« Damit beruhigte er sich.

Als er am anderen Morgen bei fünf Uhr nach den Ställen ging, kam der Kleinknecht vom Voßhofe angelaufen. »Die Frau läßt fragen, wenn der Bauer die Nacht über hier geblieben ist?«

Hehlmann lief es kalt über. »Ist er denn die Nacht nicht inne gewesen?« fragte er.

Der Junge schüttelte den Kopf. »Er ging gestern nachmittag bei fünfe weg und sagte, er wäre bei elfe wieder da. Er wollte nach den Kartoffeln, weil da das Wild Schaden gemacht hatte, und darum nahm er das Gewehr mit. Auf dem Piewittskruge war ich auch schon, da ist er auch nicht gewesen, und da mußte er doch vorbei, wenn er vom Felde zurück wollte, und zumeist kehrt er da ein. Der wilde Meyer war gestern abend da und da hat es bis nach eine gedauert.« Der Bauer wühlte in der Krippe, damit der Junge ihm nicht in das Gesicht sehen sollte und überlegte, was zu machen war.

Nach dem Windbruche konnte er nicht gehen; er hatte da nichts zu suchen, und wenn es ein Unglück gegeben hatte, dann machte er sich mit verdächtig, denn es war so gut wie sicher, daß die Förster die Blöße den ganzen Tag über im Auge behalten würden.

Dreimal schickte die Voßbäuerin bis Mittag und ließ fragen, ob Kordes nicht da war.

Als es bei vier Uhr war, konnte der Bauer sich vor Unruhe nicht mehr bergen; er hatte sich einen Plan gemacht. Er sagte dem ersten Kleinknecht, der ein Waisenkind war und an ihm hing wie ein Hund, weil er es noch nie so gut gehabt hatte, als wie auf dem Hansburhofe: »Tönnes, nimm die Schute mit, das Wasser hat mir den Abfluß bei dem Hehlloh zugeschwemmt.«

Als sie dort waren, wies er ihn an, die toten Pflanzfuhren zu zählen, und er selber machte sich an dem Grabenkopf zu schaffen.

Nach einer Weile meinte er: »Nun geh man wieder nach Hause. Ich will nach dem Förster gehen und ihn fragen, ob er mir mit Pflanzfuhren aushelfen kann.«

»Na, kannst auch mitgehen«, rief er hinter ihm her; »wir haben auf dem Kruge noch einen Korb stehen und das vergißt sich sonst.«

Sie gingen den Plattweg entlang, den Hehlmann gestern gegangen war. Als sie an dem Königlichen waren, blieb der Bauer stehen: »Ich glaube, am besten gehen wir über den Windbruch, das ist ein Richteweg.« Er wandte sich nach links, bis er an die verwachsene Bahn kam, und bald standen sie auf der Blöße.

Heute sah es da anders aus. Die Grauartschen sangen und die weißen Buttervögel flogen um die Disteln.

»Ich glaube, so gehen wir am besten«, rief er laut und schlug die Richtung nach der Stelle ein, wo gestern abend das Wildkalb gestürzt war.

Aber da war nichts zu sehen. »Donnerschlag, was ist das hier für ein dummes Gehen«, rief er dann wieder laut; »wir müssen mehr nach links, hier füllen wir uns bloß die Schuhe voll«, und damit steuerte er nach der krausen Fichte, von wo der Schuß gefallen war.

»Die Fliegen sind rein zu doll heute«, rief er und sah sich um; »ich will mir eine Pfeife anstecken. Der Förster wird uns ja wohl nicht gleich schnappen.«

Er faßte in die Tasche. »Den Deubel, nun habe ich den Kopf verloren! Das ist mir sehr ärgerlich, der war noch von meinem Vater selig; den kann ich nicht missen. Wollen mal suchen, ob wir ihn nicht wieder kriegen. Wenn du ihn findest, kriegst du ein Kaßmännken. Es ist der weiße Kopf mit dem Bild von Eidig darauf.«

Sie suchten hin, sie suchten her. Hehlmann ging das Ende zwischen der krausen Fichte und dem Wurfboden, wo das Wild gestanden hatte, ab und ließ dabei den Pfeifenkopf fallen. Er sah allerlei umgebrochene Himbeerruten, aber das konnte das Wild auch getan haben, denn alte Fährten waren da genug. Aber eine frische Menschenfährte oder Blut fand er nicht; es hatte über Nacht zu gefährlich nachgeregnet.

Als er zum dritten Male zurückkam, sah er etwas Weißes im Grase liegen. Er ließ sein Taschentuch fallen und hob es auf. Es war ein Gewehrpfropfen aus Zeitungspapier.

Er wischte sich die Stirn ab und steckte Tuch und Papier ein. Da hörte er den Jungen rufen: »Ich hab'n!« Er zwang sich zum Lachen und sagte: »Du bist ein ganzer Kerl! Dafür sollst du noch ein Glas Bier haben. Nu geh' man vor!«

Als sie im Holze waren, holte er das Papier heraus und machte es auf. Es war ein Stück von der Zeitung, die der Förster hielt.

Dem Bauern war zumute, als wenn er losweinen sollte. Also hatte er doch recht gehört; es war ein zweiter Schuß gefallen.

Als er beim Forsthaus war, lief es ihm kalt über, aber er nahm sich zusammen und rief der alten Frau, die dem Förster die Wirtschaft führte, zu: »Is er inne?« und als sie sagte: »Nee«, war er heilsfroh, denn mit dem Manne wollte er nicht gern zusammentreffen.

Im Piewittskruge war es, als wenn eine Leiche im Hause war. Zwei Anbauern saßen still bei ihrem Schnaps.

»Ist Klas noch nicht zurück?« fragte er sie. Die Männer schüttelten schweigend mit den Köpfen.

»Trink erst, Junge«, sagte er dann, »und denn geh' mal nach dem Voßhofe, wenn der Bauer noch nicht da wäre.«

Der jüngere von den beiden Gästen sah auf, als der Knecht fort war: »Der kommt nicht wieder«, und dann sprach er ganz leise: »Der Förster, der Pollack, alle glaubten sie, das ist ein dummer Kerl, weil er sich immer so anstellt. Ich habe ihn aber gesehen, als er dicht an mir vorbeiging und ich hinter dem Busche stand, und ich sage; der stellt sich bloß dumm. Und wer ihm in die Augen sieht, der weiß Bescheid: der hat ein Gewissen, wie ein Schlachterhund. Warum ist er denn gestern allein nicht zum Appell hingewesen. Die Olle, die er bei sich hat, sagt, er hat es im Leibe gehabt und hat den ganzen Tag im Bett gelegen. Na, und als ich bei zehn Uhr nach dem Wetter sehen wollte, ich müßte mich doch sehr irren, wenn er das nicht war, der über das Feld zu gehen kam.«

Der Junge kam zurück: »Er ist noch nicht inne. Die Frau ist ganz von sich; sie schreit in einem fort nach ihm.«

Hehlmann gab ihm das Fundgeld. »Wenn du ausgetrunken hast, laß dir den Weidenkorb geben und geh zurück. Ich komme so bei neun, sag' man.«

Die alte Kastenuhr ging hart und die Fliegen summten. Die Männer sahen in ihre Gläser.

»Als ich noch Hütejunge war«, fing zuletzt der ältere Mann an, »da hatten wir hier einen Förster, der wurde der schwarze Schmidt genannt, weil er einen Bart hatte wie Pech. Das war auch so einer. Er hielt sich immer für sich, und man sah ihn nicht kommen, noch gehen. Wie manches Mal habe ich mich verjagt, wenn er wie aus der Erde gewachsen da stand.«

Er besann sich eine Weile, trank einen kleinen Schluck und fing wieder an: »Damals ist ein Bauernsohn und ein Knecht hier fortgekommen. Kröger hieß der eine und der andere, wie hieß der doch? Timmermann, glaub' ich. Das waren beide Freischützen. Man hat da nichts wieder von gehört. Was unser Vater war, der sagte: Der Förster hätte sie totgeschossen und ausgezogen und in den dichten Busch geschleppt, für die wilden Schweine, und die lassen nichts von übrig, als die großen Knochen. So wird es mit Kordesklas auch sein.«

Hehlmann schudderte es. Er trank seinen Schnaps aus und schenkte sich noch einen ein.

Er saß bis neun Uhr im Kruge, aber von Kordes kam keine Nachricht. Am anderen Tage auch nicht. Und überhaupt nicht.

Der Gendarm fragte überall um, konnte aber nichts herauskriegen. Von Celle kamen die Gerichtsherren; es waren ihnen ein Brief ohne Unterschrift zugegangen, worin es hieß, daß der polsche Förster Kordes umgebracht hätte und darunter stand: »Auge um Auge, Zahn um Zahn!«

Der Förster wurde vernommen, aber er blieb dabei, daß er das Laufen gehabt hätte und von Mittag an im Bett geblieben sei.

Am anderen Tage lagen seine beiden Hunde tot im Stall. Als er abends den Laden zumachte, wurde nach ihm geschossen. Die Haushälterin sagte ihm auf. Kein einer Mensch bot ihm die Tageszeit.

Wenn er durch das Dorf ging, schrie es von irgendwo her: »Bluthund, polscher Mörder, Kain, wo ist dein Bruder Abel?« Wo er sich sehen ließ, pfiffen die Männer das Lied von dem Freischütz, den der Jäger totschoß, und die Kinder schimpften hinter ihm her.

Die Pflanzkämpe in seinem Belaufe waren in einer Nacht kurz und klein getrammpt und in der anderen brannte der Schuppen beim Forsthause, und keine Hand rührte sich, um beim Löschen zu helfen. Der Krämer und die Wirte verkauften ihm nichts mehr.

Er mußte versetzt werden. Bei Nacht und Nebel zog er ab.

Kordesklas aber blieb verschwunden.

Grummet

Die Bäuerin hatte sich zuerst um ihren Bruder ganz mächtig angestellt und Tag und Nacht gejammert, als aber eine Woche um war, konnte sie schon wieder schimpfen und lachen.

Dem Bauern ging es viel näher. Nun war er so kahl wie ein Birkenbaum vor dem Winter. Er war nicht mehr der lustige Mann von früher; er hatte einen Mund und Augen wie ein alter Mann. Zu keinem Menschen konnte er sich aussprechen, und darum fraß es so an ihm.

Mehr als sonst dachte er in dieser Zeit an Meta. Er hatte das Korn fortgeschüttet und das Kaff aufgehegt.

Zu alle dem kam die Bäuerin mit einem Mädchen nieder. Er hatte es nicht anders erwartet, einmal, weil er nichts von ihr hielt, und dann, weil sie die ganze Zeit über so schlecht aussah.

»Das habe ich davon«, sagte er sich, als er über die Heide ging, in der die Birken so gelb wie Gold waren. Der Wind riß die alten Blätter von ihnen ab und trieb sie über den Dietweg.

»Was habe ich von dem wilden Leben gehabt?« Miken, die Piewittskrügerin, Trina und die anderen, er hatte jetzt nichts davon, als einen schlechten Nachgeschmack.

Das Einzige, was sich gelohnt hatte, war die Zeit gewesen, wo er und Meta Liebesleute waren. Er war dumm gewesen, mehr als dumm und schlecht obendrein.

»Nun habe ich meine Strafe weg«, dachte er. »Eine Frau, die ich nicht sehen kann, und keinen Hoferben.« Denn, wenn noch ein Kind kam, das wußte er, es würde auch ein Mädchen werden.

So wurde es denn auch. Zwei Jahre später war noch ein Mädchen da. Er hatte es vorausgewußt, aber es war doch ein harter Schlag für ihn.

Für die Bäuerin auch. Sie war die letzte Zeit immer stiller geworden; sie hielt sich ordentlicher und tat ihm Freundlichkeiten, wo sie konnte. Sie hatte einmal mit anhören müssen, wie die Großmagd zu

Durtjen sagte: »Der Bauer kann einen dauern; was hat die Frau bloß aus ihm gemacht!«

Diese Magd war hungriger Leute Kind, aber ein Bild von Mensch. Wenn sie mit hochgesteckten Röcken nach den Ställen ging, mußte der Bauer hinter ihr hersehen.

Und sie sah hinter ihm her. Es war kein Mann auf dem Hofe, der gegen ihn aufkam. Der erste Knecht war versprochen, der zweite gehörte zu den Stillen im Lande und sah an jedem Kleiderrock vorbei; die Kleinknechte zählten nicht mit.

Anna hieß das Mädchen, und sie hatte eine schöne Stimme. Wo sie ging und stand, sang sie, und der Bauer hörte es gern. Sie hatte das bald spitz, und sang nun noch mehr, mehrstens Liebeslieder, und wenn sie dem Bauern einen Blick zuwarf, dann war das, als wenn sie sagte: »Merkst du was?«

Hehlmann aber biß die Zähne zusammen; er wollte keine neuen Heimlichkeiten, er hatte ganz genug an den alten; so wurde er von Tag zu Tag patziger zu ihr. Sie aber blieb sich gleich und war immer freundlich zu ihm, und wenn er es sich auch nicht eingestehen wollte, es tat ihm doch gut, wenn sie ihn anlachte, denn trotz allem: er war doch noch ein junger Kerl und die Bäuerin war wie Torfwasser für den Durst.

Er war aber immer gut zu ihr, denn sie tat ihm leid, und er sah, daß sie alles tat, um ihm zu gefallen; sogar mit Durtjen hatte sie sich zu stellen gewußt und die war froh, daß es jetzt sinnig auf dem Hofe zuging.

»Hermen, du Stoffel«, sagte sie und stieß ihren Mann in die Rippen, daß er vor Angst an zu lachen fing; »du weißt gar nicht, wie gut du es hast, daß ich dich genommen habe. Denk' mal bloß, du wärest der Bauer und hättest diese Frau! Sie gibt sich ja alle Mühe, aber man kann nicht recht froh darüber werden. Es ist ein Kreuz und ein Elend, daß Meta damals hier wegmußte.«

Die war nicht wieder auf dem Hehlenhofe gewesen; Durtjen hatte sie noch einmal besucht und sie wohl und munter angetroffen. Sie hatte das Leit in die Hände genommen und ihre Schwägerin, die immer noch nicht so ganz in die Reihe kommen wollte, war es zufrieden, und der Bauer war froh, daß Meta das Regiment führte.

Von früh bis spät war sie im Gange: sie sorgte für das Vieh und nahm sich der Kinder an; bei der Arbeit war sie über ihre Gedanken weggekommen und war wieder so hübsch, wie früher; bloß ein bißchen voller war sie geworden.

Von Hehlmann hörte sie selten, und was sie hörte, war nicht danach, daß sie Freude daran hatte. Sie wußte, daß er viel im Piewittskruge verkehrte, und das war keine Wirtschaft, in die ein ordentlicher Mann hingehörte; dann hatte sie auch vernommen, daß er zu viel auf die Jagd gehen sollte und oft mehr trank, als es gut war; und mit den Karten befaßte er sich auch.

Einmal hatte sie seine Frau gesehen, und da wurde es ihr klar, warum ihr Göde, wie sie ihn bei sich immer noch nannte, auf die Rutschbahn gekommen war. »Freude kann er an der Frau nicht haben«, dachte sie; »vorzüglich, wo er noch nicht mal einen Erben von ihr hat.«

Hehlmann aber hatte sich an Trina gewöhnt. Die beiden Kinder gediehen, aber da es keine Jungens waren, kümmerte er sich wenig darum.

In den Piewittskrug ging er nicht mehr, weil von da aus das Unglück gekommen war; zudem verkehrten da jetzt meist nur Knechte und fremde Völker.

Die Jagd war ihm halb und halb verleidet; er ging nur mit der Büchse los, wenn das Wild ihm zu viel Schaden machte oder wenn er einen Bock fortschenken wollte. Das Hehlloh hatte er an den Oberförster verpachtet; er wollte damit nichts mehr zu tun haben.

Ganz stumpf lebte er seine Tage hin. Wenn er in den anderen Wirtschaften einkehrte, trank er, bis ihm die Augen klein wurden und ging dann ruhig nach Hause, und am anderen Tage schämte er sich.

Als er im Bruche Grummet auflud, nahm Anna ab. Es war ein Hauptheuwetter an dem Tage, so eins, wo die Mädchen alle blanke Augen haben und das ganze Bruch voll von Lachen und Juchen ist.

Jedes Mal, wenn das Mädchen das Schoof annahm, sah sie ihm in die Augen. Der helle Fluckerhut stand ihr gut zu Gesichte und ihre

Arme, das war eine wahre Pracht, wie rund die waren und so schön braun.

Als der Wagen fortfuhr, vesperte er mit ihr unter einer krausen Fuhre, und es fiel ihm auf, wie schöne Zähne sie hatte und wie gut sie aß, denn seitdem er die Hohenhölter Herrschaften hatte essen sehen, war es ihm zuwider, wenn einer hörbar oder hastig aß.

Er hielt ihr die Flasche hin. »Ist es ein süßer?« fragte sie und sah ihn aus kleinen Augen an; »'n andern mag ich nicht.« Da stellte er die Flasche hin und nahm sie in den Arm.

Hinterher war er es, der an die Folgen dachte, aber das hübsche Mädchen lachte und sagte: »Hab' man keine Bange, daß ich dir Ungelegenheiten mache; dafür kann ich dich viel zu gut leiden. Da hast du meine Hand drauf«

Er nahm sie wieder in den Arm und sagte: »Es ist nicht wegen mir, aber du bist zu schade dafür.«

Sie drückte ihn an sich: »Schade, was ist schade? Soll ich warten, bis ich alt und kalt bin? Was sein muß, das muß sein.«

Seitdem lebte er wieder mehr auf, die neue Heimlichkeit nahm die alte weg, und er hatte jetzt wieder einen Menschen, zu dem er vertraulich sprechen konnte.

Seitdem das erste Kind gekommen war, schlief er wieder für sich und so war es ihnen leicht gemacht, zusammen zu sein.

Manches Mal kam es ihm vor, als wenn die Bäuerin etwas merkte, aber sie sagte nichts. Zuerst war er froh darüber, aber hinterher kam er sich schlecht vor.

An einem Sonntag war er ganz allein mit Anna auf dem Flett und sie saß auf seinen Knieen. Vor lauter Alberei hatten sie gar nicht auf die Zeit gepaßt und so kam es, daß die Bäuerin die Halbtür aufstieß. Sie drehte sich sofort um und rief der Kleinmagd zu: »Sieh gleich mal nach, ob Eier da sind; wir wollen Pfannkuchen backen.«

Nachher war sie so, als ob sie nichts gesehen hatte, nur daß sie den ganzen Abend nicht aufsah.

Hehlmann konnte die Nacht nicht schlafen; er schämte sich vor seiner Frau. Hätte sie Schande gemacht, dann wäre ihm sein Unrecht nicht so aufgestunken.

Am Morgen ging er der Magd in den Stall nach. Sie schlug die Augen unter sich, als er kam, und er sah, daß sie ganz blaß war. Ihr ging es nicht anders, als ihm.

»Hör' zu, Anna«, sagte er, »das muß nun aufhören mit uns. Kommt es rund, dann bist du in schlechtem Ruf, und ich will ihr«, und dabei wies er mit dem Kopfe nach dem Wohnhause, »das Herz nicht noch schwerer machen. Sie trägt schon schlimm genug daran, daß wir keinen Jungen haben. Du mußt fort von hier.«

Das Mädchen sah nicht auf. Ihre Brust ging auf und ab und die Tränen liefen ihr aus den Augen.

»Ich will dir was sagen, Anna«, fuhr er fort, »du weißt, ich kann dich leiden; gerade deshalb mußt du gehen. Es gibt noch mehr Männer auf der Welt und was ich dir an dem Tage beim Grummet sagte: du bist zu schade für eine Liebschaft mit einem verheirateten Kerl. Und nun nimm mir das nicht vor übel: du bist ein armes Mädchen; morgen fahre ich nach Celle und gebe durch den Advokaten auf der Sparkasse so viel für dich auf, daß du eine gute Aussteuer und noch was in der Hand hast und das kannst du abheben, so bald du einen ordentlichen Kerl findest. Schwer wird dir das ja nicht fallen. Und heute gleich sagst du der Frau auf und siehst dich nach was anderem um.«

Er gab ihr die Hand, drehte sich um und ging lauten Schrittes durch den Stall, denn wenn er sie weinen hörte, wußte er, verlor er die Macht über sich.

Am Abend ging er in den Krug, trank aber so gut wie nichts und ging bei Dunkelwerden fort.

Es war der erste schöne Märzabend und die Mädchen gingen untergehakt über die Straße und sangen eins von den Liedern, die der Pastor nicht haben wollte.

Langsam ging er den Pattweg durch die Heide und dachte an die Nacht nach dem Erntebier, als er mit Meta hier gegangen war. Wie lange war das schon her! Damals sah er über die Fuhren weg; heute konnte er das nicht mehr.

Auf der Höhe blieb er stehen und sah sich um. Am Himmel stand der halbe Mond und alle Sterne waren versammelt. Ein Reh schreckte vor ihm und polterte in die Fuhren und vom Hofe her rief die Eule, es war ganz so wie an jenem Abend.

Das Herz wurde ihm schwer; nun war er wieder ganz allein. Aber es mußte sein; zu sehen, wie sich seine Frau unter die Erde grämte, das ging nicht. Wenn sie von Anfang an so gewesen wäre wie jetzt, dann hätte er mit ihr ein ganz gutes Leben haben können.

Jetzt war es zu spät dazu; sie hatten sich auseinandergewöhnt. Seine Schuld war es nicht, aber es traf ihn mit.

Noch lange Zeit lag er wach und sah gegen die Deckenbalken. Sie waren so angeordnet, daß es wie ein AH aussah, und dem Bauern fiel es ein, daß das Mädchen eine Nacht, als es mondhell war, ihm zugeflüstert hatte: »Kiek, da steht Anna Hehlmann« und daß er ihr das barsch verwiesen hatte.

Er seufzte tief auf und warf sich hin und her; das Lied, das die Mädchen im Dorfe gesungen hatten, wollte ihm nicht aus dem Sinne:

> Und du bleibst bei mir,
> schläfst bei mir,
> schläfst die liebe lange Nacht bei mir,
> ju, ja, Nacht bei mir
> im dustern Kämmerlein.

Der Blaurand

Ostern ging Anna; sie sah wie die Wand aus, als sie der Bäuerin die Hand gab.

Als das Mädchen aufsagte, meinte die Frau zu dem Bauern, ohne aufzusehen: »Sie wird uns schwer abgehen, so fix wie sie bei der Arbeit war.«

Er aber wandte sich ab: »Es gibt mehr Mädchen, die arbeiten können. Wer fort will, den soll man nicht halten.«

Er hatte seit jenem Morgen nicht mehr als das Nötigste mit ihr gesprochen.

Acht Tage, nachdem sie fort war, ging Hehlmann durch das Dorf. Als er an dem braunen Roß meist vorbei war, rief ihn der Wirt herein: »Weißt du schon, daß der junge Herr vom Gute sich umgebracht hat?«

Der Bauer fuhr zurück: »Wolf?«

Der Wirt nickte: »Müller Prasuhn hat es eben erzählt; er hat es gestern in Celle gehört. Es soll um das rote Miken gekommen sein. Mit der hat er es immer noch gehalten, auch nachdem er schon befreit war, oder vielmehr das Frauensmensch hat ihn nicht losgelassen, seitdem er zu Gelde gekommen war, und da hat sie ihm irgend eine Schweinerei gemacht. Schade, es war so ein freundlicher Mann! Zuletzt sah er ja meist was still aus.«

Abends sah Trina ihren Mann immer von der Seite an, aber fragen mochte sie nicht, denn sie glaubte, er bange sich um Anna. Schließlich kam er von selber mit der Sprache heraus und als wenn er zu sich selber redete, sprach er vor sich hin, indem er in das Feuer sah: »Das kommt von den Heimlichkeiten; ein verheirateter Kerl muß klare Bahn um sich haben, sonst tut das kein gut.«

Von da ab sah ihm die Bäuerin wieder in die Augen und brachte es fertig, ihm die Kinder zu bringen und sich dicht bei ihn zu stellen, wenn er mit ihnen spielte, und so wurde es bei kleinem zwischen ihm und ihr halbwege richtig.

Aber auch nur halbwege, denn die Liebe fehlte und das Vertrauen. Hehlmann konnte es sich gut denken, daß er Meta sein Herz ausschütten konnte, aber bei Trina brachte er es nicht fertig. So blieb er im Grunde ganz für sich und war ärmer als der ärmste Knecht.

In der hillen Zeit merkte er davon wenig, wenn die Arbeit aber nachließ, kam die Unruhe wieder über ihn und dann blieb ihm nichts übrig, als zu trinken.

Da er Kräfte hatte wie ein Bär, so vertrug er einen gehörigen Stiefel voll, aber unglücklich, wie er sich fühlte, vergiftete ihm das Bier und der Schnaps das Geblüt und wenn er seine Ladung hatte, dann stieg ihm der Ekel über sich selber hoch, oder es schlug alles bei ihm um und dann warf er mit dem Gelde um sich und spielte bis in den hellichten Morgen.

Am anderen Tage war ihm dann zumute, als müsse er sich in die Erde verkriechen und ihm wurde nicht eher besser, als bis er von neuem hinter dem Blaurand saß.

Er hatte sein eigenes Schnapsglas im alten Kruge, einen gefährlich großen Wachtmeister mit doppeltem Blaurand und drei blanken Perlen im Fuße, der so dick war, daß schon eine Faust, wie der Hansbur sie hatte, dazu gehörte, daß er darin Platz fand. Dieses Ungetüm von Glas stand auf dem Bört über dem Tische, an dem er immer saß und kein anderer durfte daraus trinken.

Ebenso hatte er seinen eigenen Krug, auf dem zwischen zwei Palmblättern zu lesen stand: Liebe mich allein oder lasse ganz es sein.

An einem schmählich kalten Dezemberabend war er nach der kalten Flage gegangen, um auf Sauen zu passen. Wenn er sich aus der Jagd auch nicht so viel mehr machte als vordem, er brachte doch den Abend damit hin, denn es war ihm schrecklich, zu Hause zu sitzen und nichts zu sagen; denn außer über alltägliche Sachen kam er mit der Bäuerin nicht in das Gespräch, weil sie keinen Verstand für seine Art hatte. Wenn sie sich auch noch so viel Mühe gab, sie blieb eine Kordes und dachte nicht weiter, als über eine Kätnerstelle hinaus.

So saß er denn in seinem Anstandsloche und sah auf den Schnee, bis es ihm bunt vor den Augen wurde. Ihn fror, denn der Wind kam scharf von Morgen und um sich warm zu machen, nahm er ab und zu einen Schluck.

Mit der Zeit wurde es ihm aber zu viel mit der Kälte und da sich der Wind auch gedreht hatte, so hatte es keinen Zweck, daß er weiter auf die Sauen paßte, und deshalb ging er nach dem alten Kruge; da saß schon der wilde Meyer, der rote Schmidt und der Müller.

Sowie er in die Tür trat, sprang der wilde Meyer auf und hielt eine Rede auf Hehlmann und dann brachte er ihm ein Horüdho nach alter Art aus, daß ihm das Maul schäumte, und die anderen, die alle Jäger waren, gaben Hals wie eine vollzählige Meute.

»Jetzt wird es erst lustig«, schrie der rote Schmidt, »jetzt wird Hatten Lena gespielt, daß die Heide wackelt.«

Das war ein Kartenspiel, bei dem in einem fort gesungen wurde: »Hatten Lena mit de Newelkapp, kiek mal to'n Finster rut, mak apen mal din Etelschapp, min Magen bellt ganz lut; un wenn du noch wat ower hest, so lang man her den lesten Rest, Hatten Lena mit de Newelkapp, kiek mal to'n Finster rut.«

Auf dem Tische stand eine Flasche oder ein Krug, je nachdem, was getrunken wurde, und da waren mit Kreide Striche angemacht, und wer verspielte, mußte bis zu dem nächsten Striche trinken und ein Stück Geld in die Pinke schmeißen.

Na, das ging dann nun los und es traf sich, daß Hehlmann fünfmal hintereinander trinken mußte. Sie tranken aber Grog nach dem Rezept vom roten Schmidt: viel Rum mit'm lütjen Schuß Wasser. So kam denn ein großmächtiger Glasstiefel auf den Tisch und es dauerte nicht lange, da hatten sie alle Köpfe wie Legehühner, vorzüglich der Hansbur, der sich in der kalten Flage verkühlt hatte und bei dem der Grog ein doppeltes Loch riß.

Als der Stiefel leer war, schrie der rote Schmidt, der mit Getreide handelte: »Auf einem Bein kann man nicht stehen, außer wenn 'n Adebar ist«, und ein neuer Stiefel kam. Als der ledig war, hieß es: »Aller guten Dinge sind drei«, und der Krüger füllte von frischem auf.

Es war schon bei elfe, da tat sich die Tür auf und der Sägemüller Vodegel kam herein, derselbe Vodegel, der in der Vormittagsschule

Hehlmann eins hinter die Ohren geschlagen hatte, als sie noch Jungens waren, und auf den dieser immer noch einen Haß hatte, weil er die Ohrfeige behalten mußte.

Vodegel hatte auch einen sitzen, denn er hatte im braunen Roß eine Wette mit vertrinken helfen, und dann stach ihn der Haber, so daß er seine Boshaftigkeit nicht bezähmen konnte.

Gerade weil er wußte, daß Hehlmann so eigen mit dem Glase und dem Kruge war, langte er sich den Blaurand und den Krug von dem Bört, schenkte sich einen Schnaps und Bier ein und prostete die Gesellschaft an.

»Kannst du nicht ein anderes Glas nehmen? Du weißt doch, daß das meins ist!« rief der Hansbur ihm zu.

»Nanu, stell dich doch nicht so gefährlich an«, antwortete der Sägemüller, »das schadet dem Glase nicht und dir nicht.«

Der Bauer bekam einen roten Kopf. »Ich sage, du stellst das Glas hin, ich trinke nicht mit jedwedem aus einem Glase!«

Vodegel zeigte auf den Stiefel: »So, wohl bloß Grog?«

»Das kann ich machen, wie ich lustig bin. Setz' das Glas hin!«

»Das Glas ist dem Wirt, meine ich, und überhaupt, befehlen lasse ich mir von dir nicht.«

Damit setzte er das Glas an den Mund, aber ehe er zum Trinken kam, schlug ihm der Hansbur das Glas in die Zähne, daß Vodegel längelangs auf den Estrich fiel.

Er stand aber gleich auf, wischte sich das Blut von dem Munde und ging hinaus.

Mit der Gemütlichkeit war es vorbei. Die anderen sagten nichts, denn Hehlmann sah zu gefährlich aus, und als der Müller aufstand, gingen sie alle.

Als der Hansbur allein war, lachte er vor sich hin; nun hatte er die Ohrfeige bezahlt.

Je länger er aber ging, um so mehr schlug es in ihm um, denn die scharfe Luft und der Grog hatten ihn zwischen sich und als er in der

Heide war, wo die Fuhren so schwarz im Schnee standen, war ihm hundeelend zumute.

Wie ein Stromer hatte er sich benommen; ohne Not hatte er zugeschlagen, und einen Mann, der ihm an Kräften weit nachstand. Und dann sah er sich da sitzen und saufen und bölken wie ein Stück Vieh, und es ekelte ihn so, daß er nach seinem eigenen Schatten spuckte.

Da sah er, daß er das Gewehr bei sich hatte; es wurde ihm schwarz vor den Augen, er nahm es von der Schulter, zog den Hahn über, stellte den Kolben in den Schnee, hielt die Mündung gegen seinen Schlaf und riß mit der Stockzwinge den Abzug durch.

Nun war auf dem Hehlenhofe ein Hund, der hieß Widu und hing sehr an dem Bauern. Der hatte die Hasen aus dem Futterkohl gebracht, und als er zurücklief, kam er unter dem Winde da vorbei, wo Hehlmann lag.

Er lief hin, roch an ihm herum, und als er das Blut spürte, heulte er los und lief so schnell wie er konnte nach dem Hofe und bellte den Knecht heraus.

Der verwies ihm erst das Bellen, als der Hund sich aber immer gefährlicher anstellte, ging er hinter ihm her und fand den Bauern im Schnee liegen. Er ging zurück, weckte die anderen Knechte und auf einer Wagenleiter trugen sie den Bauern in das Haus.

Als sie ihn wuschen, kam Hehlmann wieder zu sich; er hatte nur einen Prellschuß über dem linken Auge. Er ließ sich verbinden und schlief bis in den hellichten Tag hinein.

Als er sich vermuntert hatte, fiel ihm nach und nach alles ein, was sich begeben hatte, und er wünschte sich, daß er besser getroffen hätte, so schämte er sich, obzwar die Bäuerin und die Leute an ein Unglück glaubten und nicht daran dachten, daß er Hand an sich gelegt hatte.

Nachmittags kam der Vorsteher und fragte, wie das mit der Schlägerei gekommen sei. »Der Sägemüller will dich verklagen, Hansbur«, sagte er; »er hat ein Maul wie ein Baumaffe!«

Vodegel klagte nicht; es war Bauernmal abgehalten und folgender Spruch gefunden: »Der Sägemüller hat die Hauptschuld, dieweil er angefangen hat. Einen Leibesschaden von Bedeutung hat er nicht davongetragen. Item: es ist keine Ursache, das Gericht in das Dorf zu ziehen.«

Aus dieser Gefahr war der Hansbur also heraus; um so schlimmer ging er mit sich selbst zu Gerichte.

Er sah seine Fäuste an; hätte er Vodegel so getroffen, wie er es vorhatte, dann lebte der nicht mehr, und weshalb? um ein lumpiges Schnapsglas! Wer war daran schuld? Der Grog! Weswegen hätte er beinahe Schimpf und Schande auf seinen Namen gebracht, wenn er die letzte Nacht das Gewehr anders gehalten hätte? Weil er angetrunken war! Warum quälten Trina und er sich miteinander hin? Weil er damals beim Trinken nicht hatte Maß halten können.

Es war ein Sonntag; der Wind trug das Kirchenläuten heran. Heute war die Reihe an ihm und der Bäuerin, zur Kirche zu gehen; aber so, wie er aussah, konnte er dem Pastor nicht unter die Augen gehen. Eine Schande war es für einen ausgewachsenen Mann, sich so aufzuführen.

So dachte er, und als er allein war, schlug er die Beilade auf, um die Bibel herauszulangen. Die Bibel war nicht da; die Bäuerin las jetzt oft darin. Aber das Hausbuch lag da und das nahm er sich und setzte sich damit in den Backenstuhl hinter den Ofen.

Er hatte es bislang bloß in die Hand genommen, um die Todestage der Eltern, seinen Hochzeitstag und die Geburt der Kinder einzuschreiben; jetzt las er es von oben bis unten und immer mehr wurde es ihm sichtbar, daß er auf dem besten Wege war, einer von denen zu werden, deren Namen in dem Buche nicht mit Ehren genannt werden konnten.

Er las von Heinrich Hehlmann, der im Jahre 1711 durch den Branntwein zum Mörder geworden war und dem der Henker den Kopf abgeschlagen hatte; er stellte sich vor, wie es an dem Tage wohl hier auf dem Hofe ausgesehen habe, und er machte einen neuen Strich in sein Leben.

Seitdem Anna nicht mehr auf dem Hofe war, hatte er stand gehalten, und wenn ihm auch noch so blanke Augen gemacht wurden; und so wollte er es hinfort auch mit dem Schnaps halten.

Herzbube

Leicht wurde ihm das nicht und zu Zeiten meinte er, er müßte verrückt werden, oder etwas Schlimmes anstellen, wenn er sich nicht ab und an volltrinken könne. Er hatte dann eine Unruhe auf dem Leibe, die erst wegging, wenn er in lustiger Gesellschaft war.

Ganz schlimm wurde es mit ihm, wenn Gewitterluft war oder das Wetter umschlagen wollte oder Vollmond war; dann hatte er dunkle Augen und einen unruhigen Blick und konnte um Kleinigkeiten ärgerlich werden, was sonst nicht seine Art war.

Dann sagte er, er habe Geschäfte und ritt fort, und wenn er im Galopp über die Heide ritt, daß es nur so mülmte, dann fiel ihm ein, was er damals bei der Verlobungsfeier in Hohenholte über sich gehört hatte.

Er hatte sich den Gemüsegarten angesehen und als er hinter der Hagebuchenhecke stand und sich seine Zigarre ansteckte, hörte er, daß die Herren über ihn redeten.

»Ein großartiger Mann«, hatte der Forstmeister gesagt; »aber glücklich ist er nicht. Der müßte irgendwohin, wo er seine Kraft loslassen kann.«

»Stimmt«, meinte der Rittmeister; »es ist, als ob man einen von den alten Longobarden sähe, wie sie aus Jütland hier herunterkamen, sich die Lappen und Eskimos ansahen, die hier herumkrebsten, und sagten: ›So, nu willt wi erst dat Takeltüg dotflan und denn 'n reellen Betrieb infoihren!‹ Er hat das Zeug zu einem Eroberer in sich.«

Es ist wahr, dachte er, als er so über die Heide ritt; Tag für Tag dasselbe, heute säen, morgen mähen, es ging nicht mehr. Wenn er nur einen Menschen hätte, dem er sagen könnte, wie ihm um das Herz war.

An Meta dachte er nicht; das war lange vorbei. Zum Piewittskruge ging er nicht; da wollte der Mann sein Geld und die Frau, die war hübsch, aber schlecht und dabei dumm. Takelzeug war es.

Kordesklas, ganz seine Art war es ja nicht gewesen, aber der hatte doch Verstand für ihn gehabt und hing an ihm. Anna? Wo mochte die jetzt sein? Wenn er an den Morgen dachte, als er ihr im Stall sagte, sie müsse vom Hofe, dann tat ihm das Herz weh.

Da hatte er einen Menschen für sich gehabt, einen Menschen treu wie Gold, und er hatte ihn fortgejagt wie einen fremden Hund. Nun stand er da, allein, wie ein zurückgehender Hirsch, den die anderen vom Rudel abgeschlagen haben.

Jetzt war es Krieg in der Welt. Er stellte sich in die Bügel und sah über das Bruch, das von dem blühenden Post rot und gelb war. Ihm war, als müsse er da einen Feind sehen und ihn über den Haufen reiten.

Er ritt unter dem Uhlenbrink her und bog in den Kösterdamm ein, der in die Mordheide führte; da war es kahl und leer wie in einer Bettlerhand. Er gab dem Fuchs die Eisen und der ging in voller Fahrt erst über das blanke Heidfeld und dann durch die Machangeln, die vor den Bruchwiesen standen.

Vor dem Kanal stutzte das Pferd; es schnaubte und ging zurück. Er gab ihm ein über das andere Mal die Eisen und zuletzt nahm der Fuchs den Kanal, sprang aber zu kurz, trat mit den Hinterfüßen in das Wasser und warf den Bauern über sich fort.

Als der Hansbur sich aufrichtete, sah er, daß das Pferd das Gesicht hatte, was sie annehmen, wenn sie vor dem Sterben sind; es hatte die Nüstern weit auf und die Augen sahen schrecklich aus. Es lag mit dem Hinterleibe im Kanal, schlug mit den Vorderfüßen das Ufer in Stücke und schrie.

Da sah Hehlmann, daß das Ufer voller Blut war und als er näher ging, fand er, daß der Fuchs sich einen Pfahl, um den altes Reth stand, tief in die Brust gejagt hatte, und jedesmal, wenn er schnob, flog ihm das Blut hellrot aus Maul und Nase.

Der Bauer sah, daß nichts mehr zu machen war. Er faßte nach der Hosennaht, aber er hatte das große Messer nicht bei sich und das Klappmesser dünkte ihm zu klein.

Aber länger konnte er es nicht mit ansehen, wie der Fuchs sich zu Tode quälte. Er überlegte einen Augenblick, dann trat er dicht hinter das Tier, holte aus und schlug es mit der vollen Faust gegen den linken Schlaf, und so wie der Schlag gefallen war, ließ es den Kopf hängen.

Der Bauer holte tief Luft und ihm war, als müsse er sich über seine Kraft freuen. Dann nahm er das Klappmesser, schnitt dem Fuchs die Schlagader am Halse durch und blieb so lange dabei stehen, bis er abgeblutet war.

Einen Augenblick schämte er sich; er hatte das schöne Tier unnütz in den Tod gejagt. Aber dann bekam er blanke Augen; es war doch einmal etwas anderes, und wie er so dastand und das tote Tier ansah, das halb auf dem Ufer und halb im Wasser lag, da dachte er sich, wie einzig schön es sein müsse, so um diese Zeit, wenn der Himmel über dem Walde rot wird, langsam über das Schlachtfeld zu reiten und auf die hinzusehen, die steif und kalt neben ihren toten Pferden lagen.

Das war denn doch noch ein Leben; wenn man auch selbst dabei vor die Hunde ging, das machte nichts aus. Wolf von Hohenholte hatte auch so gedacht. Der alte Pastor war beinahe umgefallen, als er Wolf fragte: »Was ist ein seliger Tod, mein Junge?« und Wolf geantwortet hatte: »Kugel vor den Kopf, Herr Pastor, und Salve über dem Grabe.«

Die Kugel hatte er bekommen, wenn auch anders, als er sich das dachte, aber eine Salve nicht, bloß üble Nachrede und Tränen seiner jungen Frau auf sein Totenhemd; nun lag er in der Erde und fror, weil die Tränen nicht trocknen wollten, und seine Witwe ging stumm und steif über den Hof und konnte nicht mehr lachen.

Immerhin, Wolf hatte etwas belebt. Hehlmann warf den Kopf in den Nacken: was man belebt, ist gleich, wenn man überhaupt nur etwas belebt. Und er wollte etwas beleben, koste es, was es wolle.

Miken war jetzt wieder in Celle; der rote Schmidt hatte sie da getroffen. Er hatte Lusten, sie einmal wieder lachen zu hören. War es auch ein schlechtes Mensch, traurig konnte man bei ihr nicht sein.

Hehlmann überlegte. Von hier bis zum Piewittskruge war es eine kleine Viertelstunde. Jawohl, das machte er! Der Krüger konnte ihn nach Celle fahren und auf dem Hehlenhofe Bescheid sagen lassen.

Mit großen Schritten ging er durch das Bruch; die Postbüsche sahen in der Abendsonne so rot wie Blut aus. Die Mooreulen stiegen auf und ab und schrieen, in der Luft waren der Bewerbock zu Gange und die Birkhähne balzten, daß es eine Art hatte.

Rund und rot kam der Mond hinter der Wohld in die Höhe; Hehlmann meinte, so groß und rot hätte er ihn noch kein Mal gesehen. Die Enten strichen hin und her, die Rehe standen im Nebel und in der hohlen Grund rief der Moorochs.

Jetzt war mitten in dem Mond querüber ein schwarzer Strich und darunter noch einer, und auf einmal waren es zwei Augen und Nase und Mund, und ein ganzes Gesicht war es, und das lachte. »Das sieht ja putzwunderlich aus«, dachte er und dann trat er über die Straße und stieß die Türe zum Piewittskruge auf.

Da war lustiges Leben; der rote Schmidt war da und der wilde Meyer und Pohlmann und Schwen und Scheele und Drewes und Lühner auch. Sie saßen um den runden Tisch, tranken Wein und spielten Karten.

Die Krugwirtin machte blanke Augen, als der Hansbur eintrat. Sie rückte ihm den großen Stuhl hin und daneben noch einen für ihre Nichte, ein hübsches Mädchen mit grallen Augen.

Es dauerte nicht lange, da war Hehlmann in seinem Fahrwasser; er bestellte vom besten, was im Keller war, warf eine Hand voll Taler auf den Tisch und schrie: »Nun wollen wir mal wie große Männer spielen und nicht um Bohnen und Pfennige!«

»Das soll ein Wort sein«, rief der wilde Meyer, und das Spiel ging los. Als sie eine Stunde gespielt hatten, war Hehlmann sein ganzes Geld los. Er hatte viel getrunken, denn die Aufregung mit dem Pferd und das schnelle Gehen hatten ihm Durst gemacht, und so rief er dem Wirt, der auf einen Augenblick in die Stube kam, um Zigarren zu holen, zu: »Gib' mal 'ne Hand voll Taler her!«

Das tat der liebendgern, denn es war eine Ewigkeit her, daß der Hansbur sich dort hatte sehen lassen, und der Krüger war froh, daß er ihm gefällig sein konnte.

Ehe das Spiel weiterging, hielten sie Uhlenvesper; Hehlmann aß, wie er lange nicht gegessen hatte. Da die Wurst scharf und der Käse alt war, so trank er tüchtig dabei und es dauerte nicht lange, da hatte er die Alma auf dem Schoße sitzen.

Das war ein Mädchen wie ein Baum und obzwar sie noch jung war, verstand sie doch schon gut mit Männern umzugehen, so daß der Hansbur ganz vergaß, daß er nach Celle zu Miken fahren wollte. Er nannte sie seine Cœurmadam und sie ihn ihren Herzbuben und sie nickte, als er ihr in's Ohr flüsterte: »Wenn die anderen man erst weg wären.«

Sie gingen auch, denn sie rochen Lunte, aber sie gingen erst, als er auch das Geld, das er von dem Krüger entlehnt hatte, quitt war, und da saß er denn mit der Alma auf der Faulbank, bis die Frau in den Keller ging, um Wein zu holen.

Sie blieb lange aus, und als sie wieder kam, plinkte sie ihrer Nichte zu, und die verstand und trank ihrem Herzbuben so oft zu, bis eine Buddel neben der anderen bei dem Ofen stand.

Als Hehlmann einige Tage später zum Piewittskruge ging, um seine Zeche glatt zu machen, die alles in allem so fünfzig Taler ausmachte, gefiel ihm die Alma kein bißchen mehr; sie hatte ausverschämte Augen und ihre Stimme hörte sich gewöhniglich an. Er blieb darum auch nicht lange und ließ sich nicht wieder sehen.

Er hatte sich den anderen Tag weiter keine Gedanken gemacht, wie damals, als er Vodegel den Blaurand in das Maul geschlagen hatte, denn er sagte sich: Geschehen ist geschehen! Aber er sagte sich auch, daß er bei den Leuten keine Achtung mehr haben würde, wenn es herumkäme, wie er es getrieben hätte.

Als seine zweite Tochter ihn eines Abends in den Arm nahm und ihm einen Kuß gab, da fiel ihm ein, daß er mit demselben Munde das Frauenzimmer im Piewittskruge geküßt hatte und die Wirtin auch; und die waren für jeden da, der Geld auf den Tisch warf.

So beschloß er denn, nie wieder einen Fuß in den Krug zu setzen und hielt Wort.

Das wurde ihm nicht schwer, denn eines Abends kam der wilde Meyer zu ihm und sah ganz begossen aus; über den Piewittskrug war ein Donnerwetter heruntergegangen; der Krüger war wegen

Hehlerei und wegen Duldens von Glücksspiel und seine Frau wegen Gelegenheitsmacherei nach Celle gebracht.

Der wilde Meyer hatte eine Hundeangst auf dem Leibe, daß er als Zeuge vor Gericht müsse.

Acht Tage später kam ein Mann auf den Hehlenhof und wollte den Bauer sprechen; da er ihn nicht antraf, ging er ihm in das Holz nach. Es war Almas Vater; er war Lohndiener in der Stadt und sah wie nichts Gutes aus.

Er redete erst lange hin und her und das Ende vom Liede war, daß der Bauer noch einmal fünfzig Taler herausrücken mußte, denn wie der Kerl, der sich groß beleidigt anstellte, sagte, war seine Tochter noch keine sechzehn alt und unbescholten.

Hehlmann, der sonst für alles eintrat, was er getan hatte, und eigentlich nicht wußte, was Reue war, machte hinter dem Manne ein Gesicht, als wenn er in Unrat getreten hatte; ihm war ebenso scheußlich zumute wie damals, als er mit Tönnes und Hein Gird im Ruhhorn Fische gestohlen hatte und die beiden auf die lange Bank mußten.

Noch dümmer aber kam er sich vor, als er nach der Gerichtsverhandlung, in der der Piewittskrüger zu Zuchthaus und seine Frau zu Gefängnis verdonnert waren, von dem wilden Meyer hörte, daß die Alma erstens über achtzehn Jahre alt war, und daß ihr Vater sowohl Meyer, wie den roten Schmidt und nicht minder Scheele und Drewes ebenso geleimt hatte wie ihn, und er dankte seinem Schöpfer, daß er davor bewahrt geblieben war, Zeuge spielen zu müssen.

Als er hinterher eines Abends in Celle aus dem Ratskeller kam, wo er mit dem Vollmeyer Mönchmeyer aus der Allermarsch über einen Pferdehandel einig geworden war, sah er Miken daherkommen.

Sie war in Sammet und Seide und sah noch viel schöner aus als früher, aber er trat schnell hinter sein Gespann; er hatte genug von dieser Sorte Weibervolk.

Ein Vierteljahr darauf erzählte ihm der rote Schmidt, daß er das Mädchen in Hamburg gesehen hatte; wie der halbe Tod hatte sie ausgesehen und ihn um Gottes willen um einen Taler angesprochen, weil sie am Verhungern war.

Schmidt, der sonst kalt wie eine Hundeschnauze war, schüttelte sich und sagte: »Ich gab ihr zwei, denn ich sah, daß sie es nicht mehr lange machen konnte. Sie hatte die Auszehrung, und wenn sie hustete, kam ihr das helle Blut in den Mund.«

Hehlmann sagte nichts, aber er mochte auf einmal kein Bier mehr. Er sah sie vor sich, wie sie siebzehn Jahre alt war. In Krusenhagen war Tanz gewesen; er hatte sie nach Hause begleitet und sie hatte mit ihrer lustigen Stimme durch die Nacht gesungen. daß die Rehe in den Wiesen an zu schrecken fingen.

Was konnte sie küssen und lachen und wählig sein! Und nun war sie elendiglich zugrunde gegangen.

Ihm wurde erbärmlich zumute.

Die Moosbank

Das elendigliche Ende Mikens gab dem Bauern viel zu denken; sein Herz hatte er nicht an sie gehängt, aber es lief ihm kalt über, wenn er daran dachte, wie wohl ihr Ende gewesen war, und als er einmal über die Heide ging und eine Schnucke husten hörte, schudderte es ihn.

In dieser Zeit mußte er Gerichtsgeschworener werden und in einem Falle ein Urteil abgeben, das ihm noch mehr zu denken gab. Ein Vetter von dem Halbmeyer Scheele, mit dem er so manches Mal bei Bier und Karten lustig gewesen war, saß auf der Armensünderbank; er war durch das Kartjen in Bedrängnis gekommen und hatte einen Meineid geschworen. Er wurde schuldig gesprochen und erhängte sich in der Nacht darauf.

Das ging Hehlmann nahe, aber noch schlimmer traf ihn die Rede, die der Staatsanwalt gehalten hatte, denn der hatte gesagt: »Leider können wir die Hauptschuldigen nicht fassen, zwei Männer, die durch ihr wüstes Leben schon mehr als einen Familienvater zum Luderleben verführt und ins Unglück gebracht haben.«

Das ging auf den wilden Meyer und den roten Schmidt. Mit einem Schlage standen die beiden ganz allein; jeder, der etwas auf sich hielt, ging ihnen aus dem Wege.

Hehlmann auch, denn er mußte dem Staatsanwalt recht geben. Daß er damals Vodegel das Glas in die Zähne schlug und hinterher Hand an sich legte, und daß er wegen des liederlichen Stückes, der Alma, beinahe in den Mund der Leute gekommen war, die beiden hatten die mehrste Schuld daran.

Er hielt sich von da ab mehr an den Pastor Heuer, der ihn ab und an besuchte. Der Mann gefiel ihm, weil er aus seinem Herzen keine Mördergrube machte. Als er sich einmal den Hansburhof angesehen hatte, meinte er: »Hehlmann, Sie sind doch wirklich zu beneiden!« Da hatte der Bauer die Achseln gezuckt und gesagt: »Was hilft mir der ganze Kram, wo ich keinen Hoferben habe!«

Aber wie hatte ihn der Pastor da heruntergekanzelt; so etwas war dem Bauern noch keinmal vorgekommen, seitdem er kein Junge mehr war.

Ein Wort war es besonders, das ihm zu bedenken gab: »Ein Mann wie Sie nimmt sein Leben fest in die Hand, mag da kommen, was da will.«

Breit hatte er sich vor ihn hingestellt: »Zwei gesunde Töchter haben Sie! Und ich? Mein gesundes Kind wurde mir genommen, das krüpplige blieb mir. Soll ich deshalb verzagen? Man muß nicht an das denken, was man wünscht, sondern an das, was man hat. Sie sind doch kein Schwächling! Jedem kann es der Herr nicht zu Passe machen. Das ist die wahre Lebenskunst, sich mit dem abzufinden, was man hat.«

Mit dem Pastor kam er von da ab öfter zusammen; der baute nicht, wie der alte Pastor, eine Mauer zwischen sich und die Gemeinde, sondern hielt freundschaftlichen Verkehr mit den Bauern. Obzwar sie erst den Kopf darüber schüttelten, daß er sich in der Wirtschaft sehen ließ und sein Glas Bier trank, ohne viel danach zu fragen, wer bei ihm saß, mit der Zeit leuchtete es ihnen ein, daß das für beide Teile gut war, denn wenn der Pastor da war, ging es immer ehrbar zu, ohne daß es deshalb langweilig wurde, denn er war von lustigem Gemüt und es kam ihm selbst auf eine quante Redensart nicht an.

Er hatte es bald spitz, wer in der Gemeinde Sinn für etwas anderes hatte, als bloß für Arbeit und Geld und Essen und Trinken; die holte er sich so bei kleinem zusammen.

Erst wurde bloß Bier getrunken und Schafskopf gespielt; mit der Zeit blieben die Karten vom Tische, es wurde über Politik und andere Dinge geredet, und zuletzt wurde so eine Art Verein daraus, in dem der Pastor oder der neue Doktor oder der Lehrer, der mehr Bildung hatte als der alte Mackentun, der schon einige Zeit bei der Kirche lag, allerlei aus den Büchern vorlas.

Der Aufmerksamsten einer war der Hansbur, der auf diese Art von seiner Unruhe abgelenkt wurde, und da der Pastor viele schöne Bücher hatte, so lehnte Hehlmann sich Bücher über Reisen oder

Kriegsgeschichten und kam dadurch über seine dummen Stunden fort.

Bislang war auf dem Hehlenhofe in der Ackerwirtschaft alles nach der alten Art gegangen und es dauerte eine Ewigkeit. bis daß sich eine neue Einrichtung einführte.

Der Pastor besorgte dem Bauern auch Bücher über Landwirtschaft und Viehzucht und dadurch bekam dieser Lust, allerlei Versuche zu machen, und auf die Art kriegte er wieder Freude an seiner Wirtschaft.

Er beschaffte sich Edelreiser und besserte seinen Baumgarten auf, bepflanzte den Mergelbrink, der sich an der Bullerbeeke entlang zog, mit Rotbuchen und hatte seine Freude daran, wie sie gediehen, er ging zur Gründüngung über und konnte mehr Land bestellen als mit der Stalldüngung, und schließlich ging er sogar an den künstlichen Dünger und brachte es auf geringem Boden bald zu guten Erträgen.

Je mehr er sich mit Neuerungen abgab, um so weniger hatte er unter der inneren Hitze zu leiden, und die Unruhe, die ihn früher in den Krug trieb, spürte er kaum mehr. Er machte sich mit den Gutsbesitzern in der Umgegend und den Domänenpächtern bekannt und sah ihnen allerlei ab. Bei kleinem sprach es sich rund, daß er ein Bauer war, der mit der Zeit ging und es ging keine Woche hin, daß er nicht Besuch von Bauern oder Landwirten bekam, die sich bei ihm umsahen und seinen Rat einholten.

So machte es sich ganz von selbst, daß er Beisitzer im Vorstande des landwirtschaftlichen Vereins wurde. Als er die erste Scheu überwunden hatte, ergriff er bei den Besprechungen oft das Wort und schließlich ließ er sich von dem Freiherrn von Olighusen das Wort abnehmen, über seine Versuche auf der Hauptversammlung einen Vortrag zu halten.

Hinterher tat ihm das leid, denn er wußte nicht, ob er imstande war, einen vernünftigen Vortrag zu halten. Aber Pastor Heuer redete ihm seine Bedenken aus, half ihm dabei, eine Übersicht auszuarbeiten und riet ihm so zu reden, wie ihm der Schnabel gewachsen war, und so fuhr er getrost los.

Es war ihm zuerst etwas bänglich zumute, als er in den großen Saal kam und die vielen Leute sah, und als der Vorsitzende sagte: »Das Wort hat jetzt unser zweiter Vorsitzender, der Vollmeier Hehlmann zu Hehlenhof«, und über vierhundert Gesichter ihn ansahen, da wünschte er, daß er ganz woanders war, und als er aufstand, hatte er erst einen roten Kopf, aber dann trat er hinter seinen Stuhl, legte seine Hände auf die Lehne und fing an zu sprechen.

»Meine lieben Freunde, ich bin man ein einfacher Bauer und kann meine Worte nicht so setzen, als wie Pflanzfuhren oder Kartoffeln«, fing er an, und da wurden die vielen Gesichter auf einmal lachend und das gab ihm Mut.

Schlicht und einfach trug er vor, wie er erst nach der Väter Art gewirtschaftet hatte, wie ihm das langweilig geworden war, und wie er dann seine Unzufriedenheit nicht mehr im Kruge, sondern in den Büchern gelassen habe und bei kleinem und ohne Eiligkeit von einer Neuerung zu der anderen gekommen war.

Er kam so in Schuß, daß ihm die Worte von selber zuflogen, und alle Augenblicke klappten die vielen Hände oder es ging ein lautes Lachen durch den Saal, wenn er eine lustige Redensart gemacht hatte oder einen Vergleich, der zwischen seinen ruhigen Worten stand, wie ein grüner Birkenbaum auf brauner Heide.

Über eine Stunde dauerte seine Rede, ohne daß er auch nur einen Blick auf die Ausarbeitung warf, die er sich gemacht hatte, und als er mit den Worten schloß: »Wenn sich einer aus meiner Rede etwas entnehmen sollte, was ihm von Nutzen ist, so wird mir das eine große Freude sein«, da gab es ein solches Händeklappen und Füßegetrampel, daß die Fensterscheiben beberten.

Dann drückte ihm der Vorsitzende die Hand und hielt eine Rede, in der er ihm im Namen der Versammlung den Dank für den Vortrag aussprach und also schloß: »Doch das Wichtigste, was uns der Vortrag unseres Freundes gelehrt hat, das ist, daß wir sagen müssen: Und das alles hat er ganz aus sich selbst heraus!«

Über die Besprechung des Vortrages ging noch eine Stunde hin und mehrere Male mußte Hehlmann das Wort ergreifen, und wenn der Wirt nicht gemahnt hätte, daß das Essen fertig wäre, dann hätte man noch länger verhandelt, so viel Anregung hatte die Rede gegeben.

Bei Tische mußte der Hansbur zwischen dem ersten Vorsitzenden und dem Ehrenvorsitzenden Platz nehmen, und obzwar er sich mächtig im Trinken zurückhielt, hatte er doch bald einen roten Kopf, denn von allen Seiten wurde ihm vorgetrunken, so daß er nicht wußte, ob er sich wegen der vielen Ehre freuen oder schämen sollte.

Er war so glücklich, wie er es seit der Zeit, wo er es heimlich mit Meta hielt, noch nicht wieder gewesen war, und die Bäuerin bekam vor Freude nasse Augen, als er ihr erzählte, wie es ihm gegangen war, und sie sah zu ihm auf, wie zu dem Pastor auf der Kanzel.

Die größte Freude aber hatte sie, als erst das Kreisblatt mit einem Bericht über die Rede und hinterher die landwirtschaftliche Zeitung mit der wortwörtlichen Rede kam, und da drückte es ihr auf das Herz. wie wenig sie neben einen solchen Mann paßte.

Hehlmann ließ sie das aber nicht merken, und weil die Sonne nun wieder durch die Hofeichen schien, gediehen die Leute, und die Frau wurde wieder meist so ansehnlich, wie sie als Mädchen gewesen war, als sie sich noch um die Mannsleute Mühe gab.

Wenn sie jetzt beide zur Kirche gingen, sahen die Leute nicht mehr von ihm zu ihr und meinten: »Na, er ist da auch man so dran hängen geblieben.« Auch bei den Mädchen war sie in Ansehen gekommen, seitdem sie das Schimpfen aufgegeben hatte.

Seitdem der Bauer in Haus und Hof seine Zufriedenheit fand, gewöhnte er sich auch mehr an die Kinder heran, auf die er früher wenig acht gegeben hatte.

Detta, die älteste, die ganz nach ihrer Vaters-Mutter schlachtete, hatte an Hausarbeit und Blumen Freude.

Sophie, die mehr auf ihre Großmutter von Mutterseite artete, war mehr für den Gemüsegarten und das Federvieh.

Die eine freute sich über alles, was glatt und hübsch war, die andere hatte ihre Freude an dem, das etwas einbrachte.

Jede zog es nach ihrem Widerpart; Detta war ein Mutterkind, Sophie hing sich an den Vater, und darum ging es ihm sehr nahe, als sie an den Masern zu liegen kam.

Kaum war sie wieder auf den Füßen, da legte sich die älteste und die Bäuerin kam durch das Wachen und Hüten sehr von Kräften und als auch Detta wieder in der Sonne sitzen konnte, mußte sich die Bäuerin legen, denn sie hatte sich angesteckt.

Die Krankheit setzte ihr so gefährlich zu, daß der Doktor jeden Tag kommen mußte, aber er konnte ihr nicht helfen; sie hatte nicht genug zuzusetzen, als das Fieber sehr schlimm wurde.

Kurz bevor sie starb, wurde sie noch einmal klar im Kopfe, sah den Bauern freundlich an und tat so, als wenn sie ihm zunicken wollte.

Sie hatte so gar nicht zu ihm gepaßt; aber als sie nicht mehr da war, merkte er doch, daß sie ihm mehr gewesen war, als er gewußt hatte.

Er kam aber wenig zum Nachdenken, denn Detta, die sich um ihre Mutter sehr grämte, machte ihm zu viel Sorgen, und so gab er sie schließlich zu der Pastorsfrau, auf die das Mädchen große Stücke hielt.

Sophie aber kam bald über den Tod der Mutter weg; sie ging dem Vater überall zur Hand und konnte so besinnlich über das, was sie in den landwirtschaftlichen Büchern gelesen hatte, reden, daß er sich abends keinmal mehr allein vorkam.

Wenn er auf die Güter fuhr oder zum landwirtschaftlichen Verein, nahm er sie immer mit, und es war ein harter Schlag für ihn, als sie sagte, sie wolle gern eine Zeit auf ein großes Gut gehen, um mehr zu lernen.

Anderseits freute es ihn, daß das Mädchen seinen eigenen Weg ging, denn sie war die erste Bauerntochter in der Gegend, die noch weiter lernte, als sie schon aus der Schule war. Und da Detta jetzt wieder im Hause war und er viel um die Ohren hatte, ging ihm das Jahr schnell hin.

Als er zum ersten Male wieder mit den beiden Mädchen zur Kirche fuhr, war er ganz stolz, so glatt sahen sie aus, eine ganz anders als die andere und beide doch so, daß die jungen Leute mehr nach der Hansburbank als nach der Kanzel sahen; und wenn sie abends zusammen in der Dönze saßen und lasen oder sich etwas erzählten, dann ging ihm nichts ab.

Darum verjagte er sich, als bei einem Tanzefeste der Vorsteher zu ihm sagte: »Hansbur, den Freiwerber brauchst du nicht rundschicken und deine Mädchen anstellen lassen; wie die aussehen, werden sie bald genug beschrieen sein. Und in die Milch zu brocken haben sie ja auch genug.«

Am anderen Tage war er so ernst, daß Detta, die sich besser auf ihn verstand, wenn auch Sophie mehr um ihn war, ihn fragte: »Vater, was hast du heute? So bist du ja lange Zeit nicht gewesen.«

Er hatte daran gedacht, was aus ihm werden sollte, wenn die Mädchen heirateten. Wenn auch Detta auf dem Hofe blieb, er war dann abgedankt, denn dann kam doch ihr Mann in erster Reihe.

Eine Woche lang trug er seine Gedanken mit sich herum; am Sonntag aber sattelte er den Rappen und ritt nach dem Mittag los.

Es war ein Herbsttag, zu dem man du sagen konnte; die Heide war abgeblüht und sah aus, als ob Silber darauf lag. Die Birken waren über und über gelb und brannten in der Sonne wie Flammen und der Altweibersommer hing in allen Fuhrenzweigen.

Der erste Mensch, der ihm in der hohen Heide in die Möte kam, war die Jungmagd vom Voßhofe, ein Mädchen so schier und eben, daß ihm das Herz im Leibe lachte. »Das ist ein guter Vorspuk«, dachte er und rief ihr ein lustiges Wort zu.

Als er über den Knüppeldamm ritt, standen an die hundert Störche im Bruche: »Auch nicht schlecht!« dachte er wieder.

In den Wiesen sah er einen Hasen von links nach rechts laufen. »Heute geht nichts verkehrt«, sagte er laut und ritt im Galopp den Sommerweg entlang, daß es nur so mülmte, und als drei Handwerksburschen ihn um ein Zehrpfennig angingen, gab er ihnen einen heilen Gulden.

Er machte runde Augen, als er auf dem Dieshofe ankam. Der Hof sah schnicker und ordentlich aus. Über der Einfahrt war ein Spruchbrett und darauf stand: »Deinen Eintritt segne Gott«, und auf dem Torbalken war zu lesen: »Ich und mein Haus, wir wollen dem Herrn dienen.« Auf der Deele wurde ein geistliches Lied gesungen.

Als Hehlmann vom Pferde stieg, hörte das Singen auf und der Diesbauer ging auf ihn zu. Hehlmann wußte nicht recht, was er sagen sollte. Er hatte Dettmer früher etliche Male gesehen, und obzwar er damals selber kein leeres und kein volles Glas sehen konnte, einen Säufer mochte er darum doch nicht leiden. Dieser Mann hier aber war ein anderer geworden.

Es wurde erst über das Wetter und die Ernte geschnackt, und dann sagte Hehlmann, er müßte Meta sprechen, denn alle die Jahre habe er ganz vergessen, daß sie von seinem Vater in dem Testamente mit einer Stiftung bedacht war, und davon wollte er ihr die Abschrift bringen.

»Ja, Meta ist nicht inne«, sagte die Bäuerin, »sie ist nach Brinkmanns gegangen; da ist die Frau zu liegen gekommen. Auf das versteht sie sich; ohne sie kröppelte ich heute noch zwischen Bett und Stuhl herum.«

Der Diesbauer sah sie ernst an: »Sie war bloß ein Werkzeug des Herrn; ihm allein gebührt der Dank.«

Hehlmann fragte, wann sie zurückkommen wollte, und als er hörte, daß das nicht bestimmt wäre, ließ er sich den Weg zeigen und ging ihr entgegen.

Als er in den hohen Fuhren war, wurde ihm das Herz schwer; Jahre lagen jetzt zwischen ihnen. Mai war es, als er sie im Grasgarten in den Arm nahm, und die weißen Lilien blühten, und jetzt waren die Krammetsvögel in den Ebereschen zu Gange.

Sein ganzes Leben ging an ihm vorbei; es hatte ihm nicht viel Gutes gebracht und wer weiß, was ihm noch bevorstand. Die Mädchen freiten wohl bald; dann war er allein und ging als alter Mann auf dem Hofe herum und war jedem im Wege.

Er ließ den Kopf hängen und ging langsam den anmoorigen Weg fürbaß und riß in Gedanken den Windhalmen die Köpfe ab.

So tief war er in Gedanken, daß er sich ganz mächtig verjagte, als vor ihm jemand seinen Namen rief.

Meta war es und »Göde« hatte sie gerufen, steckte sich aber rot an, wie ein junges Mädchen und sagte: »Hehlmann, o Gott, wo kommst du bloß auf einmal her?« und dann wurde sie ganz weiß im Gesicht.

Es war ihm warm um das Herz dabei geworden. »Meine Meta«, rief er und nahm sie um den Hals. Sie zitterte und fing an zu weinen. Da faßte er sie um und führte sie unter eine krause Fuhre am Grabenbord, unter der sich die Hütejungen eine Moosbank gebaut hatten.

Eine ganze Zeit weinte Meta in ihr Fürtuch; dann trocknete sie sich die Augen: »Ich habe mich zu sehr verjagt, Göde; wer konnte sich auch so was denken. Aber nun sag bloß, wie kommst du nach dem Dieshofe?«

Er sah sie so lange an, bis sie über und über rot wurde: »Du hast dich gut gehalten, Meta, bloß daß du früher dünner warst.«

Dann sah sie ihn auch an: »Du hast noch kein eines graues Haar, Göde, und die zwei Wirbel hast du immer noch.«

»Und deine Hände, Meta, die sind noch ganz so wie früher, trotz der vielen Arbeit.«

»Und deine, Göde, die sind noch immer, wie zwei Heidbrinke«, sagte sie und lachte dabei.

»Ja, und deine gegen meine, Meta, das ist wie ein Kalb gegen die Kuh«, und dann lachten sie beide, denn sie dachten an den Tag im Blumengarten, als seine Hand neben ihrer auf ihrem Kleiderrocke lag.

Aber dann wurde ihr Gesicht anders; das war nun schon so lange her und was lag da nicht alles dazwischen.

Er mochte ähnliche Gedanken haben, denn er seufzte auf und sah über die Buchweizenstoppel, die ganz rot aussah in der Sonne.

Dann sah er wieder Meta an; gewiß, um den Mund und hinter den Augen hatte sie Falten und unter der Haube sah man ein paar graue Haare. Aber wenn sie auch noch mehr Falten und einen ganz weißen Kopf gehabt hätte, es war seine Meta mit den treuen Augen und dem schönen Mund und den guten Händen.

Er holte das Papier aus der Tasche und hielt es ihr hin: »Da hatte ich ganz auf vergessen, Meta. Mein Vater hat das in seinem Letzten Willen aufgegeben, daß auf dem Hehlenhofe für dich immer eine Stätte ist, wenn es dir wo anders nicht mehr paßt.«

Sie sah in das Papier und meinte leise: »O, hier habe ich es ganz gut.«

»Ja, Meta, so meine ich das nicht. Du hast mich nicht nötig, aber ich habe dich nötig. Wie lange wird es dauern, und die Mädchen freien, und dann habe ich wieder keinen Menschen, wie so viele Jahre.«

Sie legte ihre Hand auf seine: »Wenn das so ist, Göde, mich brauchen sie auf dem Dieshofe nicht mehr, und so kann ich ja nach dem Hehlenhofe ziehen.«

Und damit schlug sie wieder ihr Fürtuch vor das Gesicht und weinte, daß es sie schüttelte, denn sie wußte nicht, war das nun ein Glück, um den einen Mann zu sein, dem ihr Herz von Anbeginn gehört hatte, oder war es schrecklich, da Wirtschafterin zu sein, wo sie von Rechts wegen als Bäuerin hingehört hätte.

»Meta«, rief Hehlmann und faßte sie um, »Meta, glaubst du denn, ich wäre so ein grundschlechter Kerl, daß ich dich bloß für meine Bequemlichkeit haben wollte? Ich habe die ganzen Jahre an dich gedacht, wo ich ging und stand, und ich habe viel auszuhalten gehabt. Nein, Meta, auf die Art nicht, ich meinte das ganz anders.

So alt sind wir beide noch nicht, und wenn auch, wir sind regelrecht versprochen gewesen und du sollst meine Frau werden, denn so haben wir es uns gelobt.«

Sie fiel ihm um den Hals und ihre Tränen liefen ihm über das Gesicht: »Göde, o Gott, Göde, mein Göde, und wenn es nur auf einen Tag wäre!«

Sie weinte zum Sterben, und er drückte sie fest an sich und mußte auch weinen.

»Nu kiek einer an! Hat man so was schon belebt«, schrie es hinter ihnen. »Wir warten und warten, aber keine Meta und kein Hansbur will kommen! Schämt ihr euch nicht? Meta, schon so alt und noch so leichtsinnig, und Hansbur, redet lang und breit von Erbschaftssachen und nun sitzt das da und, nein, eher denke ich, daß unser alter Bolze Junge kriegt!«

»Ein Schade, daß Dettmer nicht da ist, denn dann könntet ihr was gewärtig sein von Zuchtlosigkeit und weltlicher Fleischeslust und dem Strafgericht Gottes! Nun aber zu, Liebe zehrt und es ist lange Vesperzeit. Ich will man schon vorlaufen.«

Wie eine Tüte witschte sie dahin. Göde und Meta aber hatten den Sturm hinter sich; er hielt sie umgefaßt und sie legte ihren Kopf gegen seine Schulter, und ihre rechte Hand war in seiner linken.

So gingen sie langsam durch die hohen Fuhren, und es war ihnen, als wenn es Mai war und sie hatten noch die beste Zeit vor sich.

Ein Knecht und eine Magd, die in dem Zuweg standen und sich abküßten, sahen ihnen verwundert nach, aber keins lachte, denn der Mann und die Frau sahen aus, als wenn sie geradewegs aus dem Paradiese kamen.

Es war ein mondheller Abend, als der Hansbur nach Hause ritt; die Krammetsvögel zogen und oben in den Lüften flötjete der Regenpfeifer.

Er ließ den Rappen Schritt gehen, denn zu viel Frieden war in ihm.

Als er durch Lichtelohe ritt, sangen die Mädchen hinter ihm her:

> Jetzt geb' ich meinem Pferd die Sporen,
> Zu dem Tore reit ich hinaus,
> Schatz, du bleibst mir auserkoren,
> Bis ich wieder komm nach Haus.

Das Altenteil

Am Nachmittag rief er die beiden Mädchen in die Dönze: »Detta und Sophie«, sagte er und legte ihnen die Hände auf die Schultern, »was ich euch jetzt sage, wird euch schwer angehen. Ihr werdet bald freien und dann zieht eine von euch weg von hier und die andere hat ihren Mann.

Bevor ich eure selige Mutter kannte, war ich mit einer anderen versprochen. Wie es kam, daß aus uns kein Paar wurde, das will ich hier nicht sagen. Sie ist unbefreit geblieben. Gestern war ich bei ihr und in vier Wochen wird sie meine Frau.«

Er wartete einen Augenblick und sah aus dem Fenster, dann machte er es auf und rief hinaus: »Hinnerk, mach die Gartentür zu, die Schweine laufen ansonsten in den Blumengarten!« Dann ging er aus der Dönze.

Die Mädchen standen da und sagten nichts. Zuletzt fing Sophie an zu weinen: »Es ist eine Schande.«

Weiter kam sie nicht, denn Detta fiel ihr ins Wort: »Ja, das ist es, daß du gegen unseren Vater so ein Wort in den Mund nimmst. Was Vater tut, wird wohl seine Richtigkeit haben.«

Die ganzen Kirchenleute horchten auf, als das Aufgebot erfolgte und es gab viel Kopfschütteln und Gerede nach der Kirche. Als abends im Alten Kruge der Sägemüller seine Witze darüber machte, meinte der Müller: »Du hast wohl lange kein dickes Maul gehabt?« Und da lachte alles, aber nicht über den Hansbur.

Der ließ sich wenig sehen und als er einmal in das Dorf kam und der Vorsteher ihm zu verstehen gab, daß es doch ein Unsinn sei, daß er noch freien wolle, lachte er und sagte: »Ein guter Rat ist des anderen wert; paß' auf: behalte deine Meinung für dich, Burvogt, und wenn du das nicht aushalten kannst, so berede dich mit deiner Frau im Bette. Und wenn ich dir nicht passe, denn kann ja ein anderer meine Bruchwiesen in Pacht kriegen; es ist Nachfrage genug danach.«

Da hatte der Vorsteher schnell zurückgezogen und so getan, als wenn er bloß Spaß gemacht hätte und sich lang und breit entschuldigen wollen, aber der andere sagte: »Ja, sagte der Zaunigel, so bin ich nun mal: warum setzt du dich gerade auf mich?«

Meta hatte gemeint, eine kleine Hochzeit wäre päßlicher, aber Hehlmann hatte gesagt: »Nix da! Brauchen wir uns denn was zu schämen? Wenn der Hansbur freit, soll man es zehn Meilen in die Runde hören.«

So gingen denn die Hochzeitsbitter Hof bei Hof rund und an die aus der Bekanntschaft, die zu weit anwohnten, schrieb der Bauer, und es wurde eine Hochzeit, wie man sie lange nicht belebt hatte, denn der ganze Vorstand von dem landwirtschaftlichen Verein war in zwei Kutschen gekommen und Gutsherrn und Pächter mit ihren Frauen, so daß es alles in allem an die dreihundert Menschen waren; und Vodegel saß allein im Kruge und ärgerte sich, denn er hatte nicht angenommen.

Auf der Haupttafel auf der Deele stand eine großmächtige silberne Bowle mit einem Schilde und darauf war zu lesen, daß die der landwirtschaftliche Verein in Dankbarkeit seinem lieben zweiten Vorsitzenden zu seinem Ehrentage geschenkt hatte.

Als das Essen meist zu Ende war, stand der Ehrenvorsitzende des Vereins, der Graf Kettenburg, auf und alle Augen wurden rund, als er eine schöne Rede hielt und zum Schluß im Namen des Königs dem Bräutigam einen Orden überreichte wegen seiner Verdienste um die Landwirtschaft, und als er zu der Braut ging und ihr die Hand drückte, da sagte sich Meta, daß dieser Tag viel von den traurigen Jahren gut machte.

Wer sich aber am meisten freute, das war Durtjen; die saß auf ihrem Stuhle und weinte und aß abwechselnd, und ihr Hermen bekam es mit der Angst, denn daß seine Frau das Weinen kriegte, das hatte er noch nie belebt.

Detta hatte sich von Anfang an gut mit Meta gestellt und Sophie hatte die silberne Bowle und die Herren in den Fracks und der Orden zu sehr in die Augen gestochen, als daß sie noch länger die Kalte spielen konnte, zumal der Bäuerin die Gutherzigkeit aus den Augen sah.

Außerdem war die Hochzeit für sie selber auch wichtig, denn beim Essen hatte der Sekretär des landwirtschaftlichen Vereins bei ihr gesessen, und einen so klugen und lustigen Mann hatte sie ihren Tag noch nicht kennen gelernt und noch mit keinem hatte sie so schön tanzen können.

Weil es eine Zeitlang auf der Deele zu voll und zu heiß war, gingen sie in den Hof und vom Hof in den Grasgarten und vom Grasgarten in die Heide und hinterher wußte Sophie gar nicht, was sie von sich denken sollte, denn sie hatte sich von dem fremden Herrn küssen lassen und nicht bloß einmal, und sie hatte ihn wieder geküßt und auch nicht bloß einmal.

Als nach der Hahnenvesper der Wagen vom Hofe fuhr, da winkte sie ihm aus ihrer Dönze nach und dann ging sie zu ihrer Schwester ins Bett und nahm sie in den Arm und weinte ganz gottsjämmerlich und sagte, sie sei ein schlechtes Mensch und Vaters neue Frau sei herzensgut und so schön anzusehen.

Am anderen Tage hatte sie einen Kater, der drei Tage anhielt, denn da kam ein Brief und nun war alles gut und sie lachte und sang den ganzen Tag und war zu ihrer Stiefmutter der reine Honig, so daß Hehlmann den Kopf schüttelte und dachte: »Frauensleute, Frauensleute«, wie Hermen es machte, wenn seine Frau verlangte, daß er lachen sollte.

Es waren vier Wochen hin, da kam Sophie ihrem Vater in den Versuchsgarten nach und sagte: »Vater, ich muß dir etwas sagen: ich muß heiraten!«

Der Bauer machte runde Augen und lachte: »Du mußt? Ich denke, ich habe eine feine Dame zur Tochter und nun freit sie ganz nach der alten Art! Bis wann mußt du denn freien?«

Sophie trampte auf und gab ihrem Vater einen Schlag auf den Arm: »So ist das nicht, bloß ich möchte heiraten. Und damit du Bescheid weißt: der Sekretär Sunder und ich, wir sind uns einig und da haben wir uns das so gedacht: auf die Dauer hat er keine Lusten zu der Schreiberei. Nun liegt am Toten Ort doch die alte Mühle. Beckmann will gern verkaufen; er ist zu alt und Kundschaft hat er kaum mehr. Ich habe die Mühle und das nötige Land schon an die Hand gekauft.«

Hehlmann machte noch rundere Augen, sagte aber: »Man weiter!« und Sophie fuhr fort: »Der Mühlteich hat bestes Forellenwasser, die Beeke erst recht. Weiches Wasser ist auch da durch die Wittbeeke und dann ist allerhand Boden da, wärmer und frischer, leichter und besserer. Nun haben wir uns das überlegt, daß wir einen besseren Platz gar nicht bekommen für das, was wir wollen, denn wir wollen etwas Landwirtschaft haben, in der Hauptsache aber Fische, Geflügel, Obst und Gemüse ziehen, alles nur beste Sorten.

»Karl«, sie wurde rot und Hehlmann lachte, »Herr Sunder sagt, in zwei Jahren spätestens bekommen wir die Bahn; bis dahin sind wir aus dem ersten Bröddel heraus. Wir wollen ganz langsam anfangen; die Brut- und Zuchtanlagen sollen erst aus lauter alten Brettern gemacht werden. Karl kriegt das alles billig.

»Einrichten tun wir uns erst ganz klein, denn unser Geld brauchen wir für die Wirtschaft. So, Karl hat dreitausend Taler auf der Sparkasse und wenn seine Mutter sterben sollte, bekommt er noch etwas dazu.«

Hehlmann faßte seine Tochter, die nur eine Puppe gegen ihn war, um und kniff sie in die Backen: »Mädchen, Mädchen, das muß ich sagen: dumm bist du nicht. Und der Karl Sunder ist mir auch nach der Mütze. Ich habe seinen Vater gut gekannt; das war ein sehr ehrenwerter Mann und hat aus der alten Klippmühle, die er von seinem Vater hatte, etwas gemacht, trotzdem daß er vier Geschwister abzufinden hatte.

Na, es ist man gut, daß ich mich vorgesehen habe, denn ihr wollt womöglich schon morgen heiraten und Detta, ja, was machen wir mit der? Die können wir doch nicht so lange in den Backofen schieben? Na, dann schreibe man deinem Karl, er soll so bald wie möglich kommen, daß wir alles in die Reihe bringen.«

Sophie legte ihren Kopf an seine Brust: »Er kommt heute nachmittag schon.« Der Vater sagte nichts als: »Na, das muß ich sagen: ihr habt 'n guten Schritt am Leibe; für euch brauch ich nicht bange zu sein.«

Am nächsten Sonntag fuhr ein Wagen auf den Hof. Als Detta sah, wer darin war, bekam sie einen roten Kopf und lief in die Dönze.

»Sieh, das ist ja mal schön«, rief Hehlmann, als er sah, wer der Besuch war. Es war der Vollmeier Mönchmeyer aus der Allermarsch, einer der besten Züchter im Lande, mit dem Hehlmann gut bekannt war.

Er hatte seinen zweiten Jungen mitgebracht, der ebenso lang und ebenso ruhig war, wie der Vater; der hatte mit Detta auf dem Balle des landwirtschaftlichen Vereins viel getanzt.

Als das Vieh besehen war, sagte Mönchmeyer zu seinem Sohn: »Wenn alles glatt geht, kommst du fein zu sitzen. Aber ob Hehlmann jetzt schon den Hof abgibt? Er ist doch noch wie ein junger Kerl!«

Fritz zuckte die Achseln: »Ja, wenn nicht, dann kann aus der Freierei vorläufig nichts werden.«

Es wurde aber etwas daraus. Dem Hansbur gefiel der Freier, zumal Detta ihm sagte, einen anderen möchte sie nicht leiden. So wurde denn abgemacht, daß der junge Ehemann über den Hof und alles Land, was unter dem Pfluge war oder zu Wiese gemacht war, zu sagen haben sollte; das Unland aber behielt Hehlmann sich vor.

Zwei Monate später wurde die Doppelhochzeit gefeiert; Mönchmeyer, jetzt Hehlmann genannt, trat den Hof an, Sophie zog mit ihrem Manne in die alte Mühle und der Altvater Hehlmann und Meta richteten sich das Altenteilerhaus ein.

Sie kamen sich nicht einsam vor; sie hatten genug zu tun, zumal Hehlmann ein Stück Heide nach dem anderen anforstete und Meta bald auf dem Hofe und in der Mühle Großmutter spielen mußte. Als sechs Jahre hin waren, da war sie sechsfache Großmutter.

Sie hatte schon einen weißen Kopf und auch Hehlmann war nicht mehr so blond wie vordem, aber ihre Liebe blieb jung und die Großmagd sagte zu ihrem Hinnerk: »Junge, wenn du mal so alt bist, wie unser Altvater, ich möchte bloß wissen, ob du dich denn auch noch so hast, wie er sich mit seiner Meta. Erst dacht' ich, ich sollt' darüber lachen, aber wenn ich denke, wie andere Eheleute oft gegen einander sind, wenn sie alt sind, dann bedünkt mich, so ist es doch besser.«

Als Hinnerk sie losgelassen hatte, nahm sie die Forke wieder zur Hand und warf weiter Mist aus und sang dabei das Lied von dem roten Husaren, der sein Liebchen bis über den Tod hinaus liebt.

Als der siebente Winter zu Ende ging, wurde Meta krank; sie hatte sich schwer erkältet und wollte sich gar nicht wieder herausmachen. Sie behielt einen kurzen Atem und war schlecht auf den Füßen und die Besinnung ließ zu Zeiten bei ihr nach; dann vergaß sie alles, was zwischen der Zeit lag, in der sie auf dem Dieshofe gelebt hatte. Aber sie war glücklich, vorzüglich, wenn ihr Mann bei ihr saß und sie im Arm hatte, was er viel tun mußte, da sie sonst nicht warm wurde.

Gegen den Sommer wurde es besser mit ihr, so daß sie im Hause hin- und hergehen und Kartoffeln schälen und Kaffee machen konnte; des Abends aber kamen ihr meist die Gedanken durcheinander und dann hatte sie sich, als wenn sie mit Göde Heimlichkeiten vorhatte und wenn er sie zu Bett brachte, lachte sie vor sich hin und sagte: »Nicht so laut, die andern brauchen da nichts von zu wissen.«

Als die Birken gelb werden wollten, kam Göde eines Abends nach Hause und fror; er hatte sich bei den Fischteichen schwitzig gearbeitet und in der Heide wehte eine scharfe Luft. Am anderen Tage ging es ihm sehr schlecht und als es am dritten Tage nicht besser mit ihm werden wollte, wurde nach dem Doktor geschickt.

Der machte eine krause Stirn und als er an dem Kranken herumgehorcht hatte, sagte er: »Wenn nicht ein Wunder geschieht, kriegen wir ihn nicht durch; er hat eine ganz gefährliche Lungenentzündung.«

Es war, als wenn Meta dadurch, daß ihr Mann krank war, auf einmal ganz gesund wurde. Sie war von seinem Bette nicht fortzukriegen.

»Heute ist mir besser, Meta«, sagte der Kranke am sechsten Morgen. »Wir haben doch noch schöne Tage miteinander gehabt, meine Meta«, und seine Hände, die ganz mager geworden waren in den Tagen, drückten ihren Kopf an seine Brust.

»Meine Meta, meine gute Meta«, sagte er dann und ihr war, als wenn er sie küssen wollte. Aber er schlief schon wieder ein.

Als Detta nach ihrem Vater sehen wollte, lag er tot im Bette und hatte ein freundliches Gesicht; die Stiefmutter aber saß im Backenstuhl neben dem Ofen und schlief vor Schwäche.

Die Bäuerin schlug die Schürze vor das Gesicht und ging schnell über die Deele und winkte der Großmagd, sie sollte mit dem Singen aufhören, denn sie sang wieder:

> Es war einmal ein roter Husar,
> Der liebte sein Mädchen ein ganzes Jahr,
> Ein ganzes Jahr und noch viel mehr,
> Die Liebe nahm kein Ende mehr.

Die beiden Tauben

Der Hansbur hatte in seinem Letzten Willen bestimmt, daß er ganz nach der alten Art begraben werden wolle, denn damals war schon die Mode aufgekommen, daß schwarz getrauert wurde.

Um ihn aber sollte weiß getrauert werden, auch wollte er keinen hohen Sarg haben und keine Kränze, und auf seinem Grabe sollte ein Pfahl und kein Kreuz zu stehen kommen.

Er wurde in das Notlaken eingenäht, das Meta aus selbstgesponnenem Flachse gewebt und genäht hatte; Detta setzte schwarze Atlasschleifen an den Sterbekittel und zog ihm die weiße Sonntagszipfelmütze über.

Der Sarg stand auf zwei Stühlen auf der Deele und war mit dem Leichlaken zugedeckt, und davor lag der Sargdeckel, auf dem zwei alte hölzerne Leuchter brannten, deren Füße vier springende Pferde waren.

Rechts von der großen Türe hingen die beiden Seelenlaken an der Wand herunter, damit, wenn der Tote noch einmal zurückkäme, er doch einen Platz für sich fände.

Hermen sorgte dafür, daß im Altenteilerhause die Fenster der Schlafdönze nicht offen standen und daß das Bettstroh, auf dem der Altvater gestorben war, bis auf eine Hand voll verbrannt wurde, und daß der Backenstuhl, in dem der Alte neben dem Ofen gesessen hatte, umgestoßen wurde.

Durtjen warf die Waschschale, aus der der Tote gewaschen war, entzwei und grub sie ein und legte Kamm und Waschlappen in den Sarg, denn Meta, die von Detta in das Wohnhaus gebracht war, war so hinfällig, daß sie an nichts denken konnte; sie saß neben dem Ofen in der Dönze und sang leise aus dem Gebetbuche, aber keine Sterbelieder, sondern Lobgesänge.

Der Tag der Beerdigung kam. Das Leichlaken wurde heruntergenommen. Mit freundlichem Gesichte lag der Bauer in dem eichenen, mit Rehmenruß schwarz gemachten Sarge, Bibel und Gesangbuch unter dem Kinn.

Einer nach dem anderen von der Freundschaft ging über die Deele, nickte dem Toten zu und ging nach der Dönze, wo das Frühstück stand. Sie sprachen alle leise, die Männer, und die Frauen flüsterten. Es war ihnen, als wäre dieses ein ganz besonderes Begräbnis.

Der Großknecht kam und sagte: »Es ist wohl an der Zeit.« Da gingen sie alle aus der Dönze; einer nach dem anderen trat an den Sarg und gab dem Toten die Hand.

Detta und Sophie, von Kopf bis zu den Füßen in dem weißen Klagelaken, weinten los, denn der Tischler stellte die Leuchter beiseite und schloß den Sarg.

Er wurde aus der großen Tür getragen und auf das Wagenstroh gehoben. Durtjen reichte das Leichlaken her und Detta und Sophie, die hinter dem Sarge saßen, zogen es darüber, daß es rechts und links lang herunterhing.

Die Großmagd goß hinter dem Wagen eine Schale Wasser aus und lief dann in die Dönze, um die Kastenuhr abzustellen und den Spiegel zuzuhängen.

Der Großknecht stellte sich an den Kopf des Sattelpferdes und die Pferde zogen an und schnaubten, als sie über das brennende Sterbestroh mußten, das der zweite Knecht ihnen vor die Füße warf.

Die Frauen aus der nächsten Freundschaft, alle in weißen Trauerlaken, gingen hinter dem Sarge her, neben und hinter ihnen folgten die Männer, alle im Kirchenrock und hohem Hute.

Es war ein prachtvoller Tag, als sie Johannes Gotthard Georgius Hehlmann, den letzten Hansbur, den Notweg fuhren. Die Birkenbäume waren so gelb wie Gold und der Himmel war hoch und hell.

»Ein Prachtwetter«, sagte der wilde Meyer zum roten Schmidt, »ein Tag, der ihm passen konnte. Alles konnte er vertragen, bloß keinen tiefen Himmel.«

Der andere nickte und wischte sich den Schweiß unter dem hohen rauhen Hute ab; er war recht alt geworden, und Meyer noch mehr und die Sonne war ihnen beschwerlich.

»Eine Seele von Mensch war es«, flüsterte Schmidt; »weißt du noch den Abend, als er dem Sägemüller das Schluckglas in das

Maul schlug? Was war das für ein Kerl! So einer kommt so bald nicht wieder.«

Meyer lächelte: »Aber Vodegel ist auch mitgekommen, trotz der alten Feindschaft; das ist schön von ihm.«

Als der Leichenzug meist bei der Kirche war, begab sich etwas, worüber sich alle wunderten. Ein Stößer war hinter zwei Tauben her. In ihrer Angst setzten sie sich auf das Leichlaken; der Stößer nahm die schwarze Taube und flog mit ihr fort.

Erst als der Sarg von dem Wagen gehoben wurde, flog die weiße Taube auf; sie flog steil gegen den Himmel und alle sahen hinter ihr her.

Das Seelenlaken

Der Hehlenhof lag wie ausgestorben da; im Wohnhaus war bloß die Magd und die Witwe des Bauern zurückgeblieben; Meta war in der Dönze und die Magd räumte auf der Deele auf.

Dieweil die Luft so klar und hellhörig war, brachte der Wind das Läuten der Lichteloher Glocken bis auf den Hehlenhof; in diesem Augenblick tat sich die Dönzentür auf und Meta kam heraus.

Die Magd wußte nicht, was sie sagen sollte, denn die Frau hatte ihre Sonntagsjacke an und ihre Brauthaube auf, sie ging ganz grade und hielt den Kopf hoch und horchte.

Der Magd wurde unheimlich zu Sinne, denn die Frau sah aus, wie ein seliger Geist; ganz weiß war sie im Gesicht und ihre Augen waren hell und stetig.

Langsam ging sie auf das rechte Seelenlaken zu, stellte sich dicht davor, lachte ihm zu, streichelte es und sagte mit einer Stimme, die sich anhörte, als wenn sie hoch aus der Luft kam: »Ja doch, mein Göde, ich komme ja schon!«

Und da sah die Magd, daß das Tuch sich erst langsam und dann schneller bewegte und sie zitterte wie Espenlaub vor Angst und obzwar sie sah, daß eine Maus auf die Erde fiel und in den Hof lief, wurde das Mädchen den Schreck drei Tage nicht los.

Die alte Frau ging wieder in die Dönze zurück und die Magd hörte, wie sie erst so sprach, als antwortete sie jemand anders; dann hörte sie singen und zuletzt wurde es still.

Als der Bauer und die Bäuerin zurückkamen, war Doris noch ganz weiß um die Nase von dem Schreck und es schudderte sie, als sie erzählte, was sie belebt hatte.

Die Bäuerin sah durch das kleine Fenster in die Dönze und sah die Frau mit dem Gesangbuch auf dem Schoß im Ofenstuhl sitzen. Sie ging hinein und sah, daß sie tot war.

Ihr Daumen lag auf dem Buche bei dem Erntedanklied, das sie zuletzt gesungen hatte, und das fing an:

HERR im himmel, GOTT auf erden,
Herrscher dieser ganzen welt!
Laß den mund voll lobes werden;
Da man DIR zu fuße fällt,
Für den reichen ernte-segen
Dank und opfer darzulegen.

Über tredition

Eigenes Buch veröffentlichen

tredition wurde 2006 in Hamburg gegründet und hat seither mehrere tausend Buchtitel veröffentlicht. Autoren veröffentlichen in wenigen leichten Schritten gedruckte Bücher, e-Books und audio-Books. tredition hat das Ziel, die beste und fairste Veröffentlichungsmöglichkeit für Autoren zu bieten.

tredition wurde mit der Erkenntnis gegründet, dass nur etwa jedes 200. bei Verlagen eingereichte Manuskript veröffentlicht wird. Dabei hat jedes Buch seinen Markt, also seine Leser. tredition sorgt dafür, dass für jedes Buch die Leserschaft auch erreicht wird.

Im einzigartigen Literatur-Netzwerk von tredition bieten zahlreiche Literatur-Partner (das sind Lektoren, Übersetzer, Hörbuchsprecher und Illustratoren) ihre Dienstleistung an, um Manuskripte zu verbessern oder die Vielfalt zu erhöhen. Autoren vereinbaren direkt mit den Literatur-Partnern die Konditionen ihrer Zusammenarbeit und partizipieren gemeinsam am Erfolg des Buches.

Das gesamte Verlagsprogramm von tredition ist bei allen stationären Buchhandlungen und Online-Buchhändlern wie z. B. Amazon erhältlich. e-Books stehen bei den führenden Online-Portalen (z. B. iBookstore von Apple oder Kindle von Amazon) zum Verkauf.

Einfach leicht ein Buch veröffentlichen: **www.tredition.de**

Eigene Buchreihe oder eigenen Verlag gründen

Seit 2009 bietet tredition sein Verlagskonzept auch als sogenanntes "White-Label" an. Das bedeutet, dass andere Unternehmen, Institutionen und Personen risikofrei und unkompliziert selbst zum Herausgeber von Büchern und Buchreihen unter eigener Marke werden können. tredition übernimmt dabei das komplette Herstellungs- und Distributionsrisiko.

Zahlreiche Zeitschriften-, Zeitungs- und Buchverlage, Universitäten, Forschungseinrichtungen u.v.m. nutzen diese Dienstleistung von tredition, um unter eigener Marke ohne Risiko Bücher zu verlegen.

Alle Informationen im Internet: **www.tredition.de/fuer-verlage**

tredition wurde mit mehreren Innovationspreisen ausgezeichnet, u. a. mit dem Webfuture Award und dem Innovationspreis der Buch Digitale.

tredition ist Mitglied im Börsenverein des Deutschen Buchhandels.

Dieses Werk elektronisch lesen

Dieses Werk ist Teil der Gutenberg-DE Edition DVD. Diese enthält das komplette Archiv des Projekt Gutenberg-DE. Die DVD ist im Internet erhältlich auf **http://gutenbergshop.abc.de**